»Ihr seid das Licht der Welt«

»Ihr seid das Licht der Welt«

Wunder und Gleichnisse der Bibel

Ausgewählt und mit einem Nachwort
von Mareike von Landsberg

Anaconda

Sämtliche Bibelstellen in der Übersetzung von Martin Luther, nach der historischen Fassung von 1912. Orthografie und Interpunktion folgen der aktuellen Rechtschreibung.

Die Deutsche Nationalbibliothek verzeichnet diese Publikation in der Deutschen Nationalbibliografie; detaillierte bibliografische Daten sind im Internet unter http://dnb.d-nb.de abrufbar.

Umschlagmotiv: shutterstock / IADA
Umschlaggestaltung: www.katjaholst.de
Satz und Layout: Roland Poferl Print-Design, Köln
Printed in Czech Republic 2018
ISBN 978-3-7306-0657-5

www.anacondaverlag.de
info@anacondaverlag.de

Inhalt

DAS ALTE TESTAMENT

DAS NEUE TESTAMENT

DAS ALTE TESTAMENT

Wunder

»Lass mein Volk, dass es mir diene.«
Exodus-Wunder

Der brennende Dornbusch

Mose aber hütete die Schafe Jethros, seines Schwiegervaters, des Priesters in Midian, und trieb die Schafe hinter die Wüste und kam an den Berg Gottes, Horeb. Und der Engel des Herrn erschien ihm in einer feurigen Flamme aus dem Busch. Und er sah, dass der Busch mit Feuer brannte und doch nicht verzehrt wurde; und sprach: Ich will dahin und beschauen dies große Gesicht, warum der Busch nicht verbrennt. Da aber der Herr sah, dass er hinging, zu sehen, rief ihm Gott aus dem Busch und sprach: Mose, Mose! Er antwortete: Hier bin ich. Er sprach: Tritt nicht herzu, zieh deine Schuhe aus von deinen Füßen; denn der Ort, darauf du stehst, ist ein heiliges Land! Und sprach weiter: Ich bin der Gott deines Vaters, der Gott Abrahams, der

Gott Isaaks und der Gott Jakobs. Und Mose verhüllte sein Angesicht; denn er fürchtete sich, Gott anzuschauen. Und der Herr sprach: Ich habe gesehen das Elend meines Volkes in Ägypten und habe ihr Geschrei gehört über die, so sie drängen; ich habe ihr Leid erkannt und bin herniedergefahren, dass ich sie errette von der Ägypter Hand und sie ausführe aus diesem Land in ein gutes und weites Land, in ein Land, darin Milch und Honig fließen, an den Ort der Kanaaniter, Hethiter, Amoriter, Pheresiter, Heviter und Jebusiter.

Ex 3,1-8

Aarons Stab wird zur Schlange

Und der Herr sprach zu Mose und Aaron: Wenn Pharao zu euch sagen wird: Beweist eure Wunder, so sollst du zu Aaron sagen: Nimm deinen Stab und wirf ihn vor Pharao, dass er zur Schlange werde. Da gingen Mose und Aaron hinein zu Pharao und taten, wie ihnen der Herr geboten hatte. Und Aaron warf seinen Stab vor Pharao und vor seinen Knechten, und er wurde zur Schlange. Da forderte Pharao die Weisen und Zauberer; und die ägyptischen Zauberer taten es genauso mit ihrem Beschwören: Ein jeglicher warf seinen Stab von sich, da wurden Schlangen daraus; aber Aarons Stab verschlang ihre Stäbe.

Ex 7,10-12

Die zehn Plagen

Blut

Und der Herr sprach zu Mose: Sag Aaron: Nimm deinen Stab und recke deine Hand aus über die Wasser in Ägypten, über ihre Bäche und Ströme und Seen und über alle Wassersümpfe, dass sie Blut werden; und es sei Blut in ganz Ägyptenland, in hölzernen und in steinernen Gefäßen.

Mose und Aaron taten, wie ihnen der Herr geboten hatte, und er hob den Stab auf und schlug ins Wasser, das im Strom war, vor Pharao und seinen Knechten. Und alles Wasser wurde in Blut verwandelt. Und die Fische im Strom starben, und der Strom wurde stinkend, dass die Ägypter das Wasser aus dem Strom nicht trinken konnten; und es war Blut in ganz Ägyptenland.

Ex 7,19-21

Frösche

Und der Herr sprach zu Mose: Sag Aaron: Recke deine Hand aus mit deinem Stab über die Bäche und Ströme und Seen und lass Frösche über Ägyptenland kommen. Und Aaron reckte seine Hand über die Wasser in Ägypten, und es kamen Frösche herauf, dass Ägyptenland bedeckt wurde.

Ex 8,5-6

Stechmücken

Und der Herr sprach zu Mose: Sag Aaron: Recke deinen Stab aus und schlage in den Staub auf der Erde, dass Stechmücken werden in ganz Ägyptenland. Sie taten also, und Aaron reckte seine Hand aus mit dem Stab und schlug in den Staub auf der Erde. Und es wurden Mücken an den Menschen und an dem Vieh; aller Staub des Landes wurde zu Mücken in ganz Ägyptenland. Die Zauberer taten auch also mit ihrem Beschwören, dass sie Mücken herausbrächten, aber sie konnten nicht. Und die Mücken waren sowohl an den Menschen als an Vieh.

Ex 8,16-18

Ungeziefer

Und der Herr sprach zu Mose: Mach dich morgen früh auf und tritt vor Pharao (siehe, er wird ans Wasser gehen) und sprich zu ihm: So sagt der Herr: Lass mein Volk, dass es mir diene; wo nicht, siehe, so will ich allerlei Ungeziefer kommen lassen über dich, deine Knechte, dein Volk und dein Haus, dass aller Ägypter Häuser und das Feld und was darauf ist, voll Ungeziefer werden sollen. Und ich will des Tages ein Besonderes tun mit dem Land Gosen, da sich mein Volk aufhält, dass kein Ungeziefer da sei; auf dass du innewerdest, dass ich der Herr bin auf Erden allenthalben; und will eine Erlösung setzen zwischen meinem und deinem Volk; morgen soll das Zeichen geschehen. Und der Herr tat also, und es kam viel Ungeziefer in Pharaos Haus, in seiner Knechte Häuser und über ganz Ägyptenland; und das Land wurde verderbt von dem Ungeziefer.

Ex 8,20-24

Viehpest

Der Herr sprach zu Mose: Gehe hinein zu Pharao und sprich zu ihm: Also sagt der Herr, der Gott der Hebräer: Lass mein Volk, dass sie mir dienen. Wenn du dich weigerst und sie weiter aufhältst, siehe, so wird die Hand des Herrn sein über dein Vieh auf dem Feld, über Pferde, über Esel, über Kamele, über Ochsen, über Schafe, mit einer sehr schweren Pestilenz. Und der Herr wird ein Besonderes tun zwischen dem Vieh der Israeliten und der Ägypter, dass nichts sterbe aus allem, was die Kinder Israel haben. Und der Herr bestimmte eine Zeit und sprach: Morgen wird der Herr solches auf Erden tun. Und der Herr tat solches des Morgens, und es starb allerlei Vieh der Ägypter; aber des Viehs der Kinder Israel starb nicht eins.

Ex 9,1-6

Schwarze Blattern

Da sprach der Herr zu Mose und Aaron: Nehmt eure Fäuste voll Ruß aus dem Ofen, und Mose sprenge ihn gen Himmel vor Pharao, dass es über ganz Ägyptenland stäube und böse schwarze Blattern auffahren an den Menschen und am Vieh in ganz Ägyptenland. Und sie nahmen Ruß aus dem Ofen und traten vor Pharao, und Mose sprengte ihn gen Himmel. Da fuhren auf böse schwarze Blattern an den Menschen und am Vieh, also dass die Zauberer nicht vor Mose stehen konnten vor den bösen Blattern; denn es waren an den Zauberern ebenso böse Blattern wie an allen Ägyptern.

Ex 9,8-11

Hagel

Siehe, ich will morgen um diese Zeit einen sehr großen Hagel regnen lassen, desgleichen in Ägypten nicht gewesen ist, seitdem es gegründet ist, bisher. Und nun sende hin und verwahre dein Vieh, und alles, was du auf dem Feld hast. Denn alle Menschen und das Vieh, das auf dem Feld gefunden wird und nicht in den Häusern versammelt ist, so der Hagel auf sie fällt, werden sterben. Wer nun unter den Knechten Pharaos des Herrn Wort fürchtete, der ließ seine Knechte und sein Vieh in die Häuser fliehen. Welcher Herz aber sich nicht kehrte an des Herrn Wort, die ließen ihre Knechte und ihr Vieh auf dem Feld. Da sprach der Herr zu Mose: Recke deine Hand aus gen Himmel, dass es hagle über ganz Ägyptenland, über Menschen, über Vieh und über alles Kraut auf dem Feld in Ägyptenland. Also reckte Mose seinen Stab gen Himmel, und der Herr ließ donnern und hageln, dass das Feuer auf die Erde schoss. Also ließ der Herr Hagel regnen über Ägyptenland, dass Hagel und Feuer untereinanderfuhren, so grausam, dass desgleichen in ganz Ägyptenland nie gewesen war, seitdem Leute darin gewesen sind. Und der Hagel schlug in ganz Ägyptenland alles, was auf dem Feld war, Menschen und Vieh, und schlug alles Kraut auf dem Feld und zerbrach alle Bäume auf dem Feld. Allein im Land Gosen, wo die Kinder Israel wohnten, da hagelte es nicht.

Ex 9,18-26

Heuschrecken

Da sprach der Herr zu Mose: Recke deine Hand über Ägyptenland, dass Heuschrecken auf Ägyptenland kommen und fressen alles Kraut im Land auf samt allem dem, was der Hagel übrig gelassen hat. Mose reckte seinen Stab über Ägyptenland; und der Herr trieb einen Ostwind ins Land den ganzen Tag und die ganze Nacht; und des Morgens führte der Ostwind die Heuschrecken her. Und sie kamen über das ganze Ägyptenland und ließen sich nieder an allen Orten in Ägypten, so viel, dass zuvor desgleichen nie gewesen ist noch hinfort sein wird. Denn sie bedeckten das Land und verfinsterten es. Und sie fraßen alles Kraut im Land auf und alle Früchte auf den Bäumen, die der Hagel übrig gelassen hatte, und ließen nichts Grünes übrig an den Bäumen und am Kraut auf dem Feld in ganz Ägyptenland.

Ex 10,12-15

Finsternis

Der Herr sprach zu Mose: Recke deine Hand gen Himmel, dass es so finster werde in Ägyptenland, dass man es greifen mag. Und Mose reckte seine Hand gen Himmel; da wurde eine dicke Finsternis in ganz Ägyptenland drei Tage, dass niemand den anderen sah noch aufstand von dem Ort, da er war, in drei Tagen. Aber bei allen Kindern Israel war es licht in ihren Wohnungen.

Ex 10,21-23

Tod aller Erstgeborenen

Und zur Mitternacht schlug der Herr alle Erstgeborenen in Ägyptenland von dem ersten Sohn Pharaos an, der auf seinem Stuhl saß, bis auf den ersten Sohn des Gefangenen im Gefängnis und alle Erstgeburt des Viehs. Da stand Pharao auf und alle seine Knechte in derselben Nacht und alle Ägypter, und es war ein großes Geschrei in Ägypten; denn es war kein Haus, darin nicht ein Toter war. Und er forderte Moses und Aaron in der Nacht und sprach: Macht euch auf und zieht aus von meinem Volk, ihr und die Kinder Israel; geht hin und dient dem Herrn, wie ihr gesagt habt. Nehmt auch mit euch eure Schafe und Rinder, wie ihr gesagt habt; geht hin und segnet mich auch. Und die Ägypter drängten das Volk, dass sie es eilend aus dem Land trieben; denn sie sprachen: Wir sind alle des Todes.

Ex 12,29-33

Die Teilung des Roten Meeres

Da nun Mose seine Hand reckte über das Meer, ließ es der Herr hinwegfahren durch einen starken Ostwind die ganze Nacht und machte das Meer trocken; und die Wasser teilten sich voneinander. Und die Kinder Israels gingen hinein, mitten ins Meer auf dem Trockenen; und das Wasser war ihnen für Mauern zur Rechten und zur Linken. Und die Ägypter folgten und gingen hinein ihnen nach, alle Rosse Pharaos und Wagen und Reiter, mitten ins Meer. Als nun die Morgenwache kam, schaute der Herr auf der Ägypter Heer aus der Feuersäule und Wolke und machte einen Schrecken in ihrem Heer und stieß die Räder von ihren Wagen, stürzte sie mit Ungestüm. Da sprachen die Ägypter: Lasst uns fliehen von Israel; der Herr streitet für sie wider die Ägypter. Aber der Herr sprach zu Mose: Recke deine Hand aus über das Meer, dass das Wasser wieder herfalle über die Ägypter, über ihre Wagen und Reiter. Da reckte Mose seine Hand aus über das Meer, und das Meer kam wieder vor dem Morgen in seinen Strom, und die Ägypter flohen ihm entgegen. Also stürzte sie der Herr mitten ins Meer, dass das Wasser wiederkam und bedeckte Wagen und Reiter und alle Macht des Pharao, die ihnen nachgefolgt waren ins Meer, dass nicht einer von ihnen übrig blieb. Aber die Kinder Israels gingen trocken mitten durchs Meer; und das Wasser war ihnen für Mauern zur Rechten und zur Linken. Also half der Herr Israel an dem Tag von der Ägypter Hand. Und sie sahen die Ägypter tot am Ufer des Meeres und die große Hand, die der Herr an den Ägyptern erzeigt hatte. Und das Volk fürchtete den Herrn, und sie glaubten ihm und seinem Knecht Mose.

Ex 14,21-31

Brot vom Himmel

Und der Herr sprach zu Mose: Ich habe der Kinder Israels Murren gehört. Sag ihnen: Gegen Abend sollt ihr Fleisch zu essen haben und am Morgen von Brot satt werden, und innewerden, dass ich der Herr, euer Gott, bin. Und am Abend kamen Wachteln herauf und bedeckten das Heer. Und am Morgen lag der Tau um das Heer her. Und als der Tau weg war, siehe, da lag es in der Wüste rund und klein wie der Reif auf dem Land. Und da es die Kinder Israels sahen, sprachen sie untereinander: Man hu? (Das heißt: Was ist das?); denn sie wussten nicht, was es war. Mose aber sprach zu ihnen: Es ist das Brot, das euch der Herr zu essen gegeben hat. Das ist's aber, was der Herr geboten hat: Ein jeglicher sammle, so viel er für sich essen mag, und nehme einen Gomer* auf ein jegliches Haupt nach der Zahl der Seelen in seiner Hütte. Und die Kinder Israels taten es so und sammelten, einer viel, der andere wenig. Aber da man es mit dem Gomer maß, fand der nicht darüber, der viel gesammelt hatte, und der nicht darunter, der wenig gesammelt

* Volumeneinheit; in der Bibel ein Hohlmaß für das Manna.

hatte; sondern ein jeglicher hatte gesammelt, soviel er für sich essen mochte. Und Mose sprach zu ihnen: Niemand lasse etwas übrig bis morgen. Aber sie gehorchten Mose nicht. Und da etliche ließen davon übrig bis morgen; da wuchsen Würmer darin und es wurde stinkend. Und Mose war zornig auf sie. Sie sammelten aber alle Morgen, soviel ein jeglicher für sich essen mochte. Wenn aber die Sonne heiß schien, zerschmolz es. Und des sechsten Tages sammelten sie des Brots zwiefältig, je zwei Gomer für einen. Und alle Obersten der Gemeinde kamen hinein und verkündigten es Mose. Und er sprach zu ihnen: Das ist's, was der Herr gesagt hat: Morgen ist der Sabbat der heiligen Ruhe des Herrn; was ihr backen wollt, das backt, und was ihr kochen wollt, das kocht; was aber übrig ist, das lasst bleiben, dass es behalten werde bis morgen. Und sie ließen es bleiben bis morgen, wie Mose geboten hatte; da wurde es nicht stinkend und es war auch kein Wurm darin. Da sprach Mose: Esst das heute, denn es ist heute der Sabbat des Herrn; ihr werdet es heute nicht finden auf dem Feld. Sechs Tage sollt ihr sammeln; aber der siebte Tag ist der Sabbat, an dem wird nichts da sein. Aber am siebten Tag gingen etliche vom Volk hinaus, zu sammeln, und fanden nichts. Da sprach der Herr zu Mose: Wie lange weigert ihr euch, zu halten meine Gebote und Gesetze? Seht, der Herr hat euch den Sabbat gegeben; darum gibt er euch am sechsten Tag zweier Tage Brot. So bleibe nun ein jeglicher in dem Seinen, und niemand gehe heraus von seinem Ort des siebten Tages. Also feierte das Volk am siebten Tag. Und das Haus Israel nannte es Man*. Und es war wie Koriandersamen und weiß und hatte den Geschmack wie Semmel mit Honig. Und Mose sprach: Das ist's, was der Herr geboten hat: Fülle ein Gomer davon, es zu behalten auf eure Nachkommen, auf dass man sehe das Brot, damit ich euch gespeist habe in der Wüste, da ich euch aus Ägyptenland führte. Und Mose sprach zu Aaron: Nimm ein Krüglein und tu ein Gomer voll Man darein und lass es vor dem Herrn, sodass es behalten werde auf eure Nachkommen. Wie der Herr dem Mose geboten hatte, so ließ es Aaron daselbst vor dem Zeugnis, dass es behalten werde. Und die Kinder Israels aßen Man vierzig Jahre, bis sie zu dem Land kamen, wo sie wohnen sollten; bis an die Grenze des Landes Kanaan aßen sie Man.

Ex 16,11-35

* Aus anderen Übersetzungen bekannt als Manna.

»Denn er hatte seinem Gott vertraut.«
Wunder der Propheten

Die Speisung der hundert Männer

Es kam aber ein Mann von Baal-Salisa und brachte dem Mann Gottes* Erstlingsbrot, nämlich zwanzig Gerstenbrote, und neues Getreide in seinem Kleid. Er aber sprach: Gib es dem Volk, dass sie essen! Sein Diener sprach: Wie soll ich hundert Mann von dem geben? Er sprach: Gib dem Volk, dass sie essen! Denn so spricht der Herr: Man wird essen, und es wird übrig bleiben. Und er legte es ihnen vor, dass sie aßen; und es blieb noch übrig nach dem Wort des Herrn.

2 Kön 4,42-44

* Dem Propheten Elisa.

Elisa heilt Naemans Aussatz

Da sandte Elisa einen Boten zu ihm und ließ ihm sagen: Geh hin und wasche dich siebenmal im Jordan, so wird dir dein Fleisch wieder erstattet und rein werden. Da erzürnte Naeman und zog weg und sprach: Ich meinte, er sollte zu mir herauskommen und heraustreten und den Namen des Herrn, seines Gottes, anrufen und mit seiner Hand über die Stätte fahren und den Aussatz also abtun. Sind nicht die Wasser Amana und Pharphar zu Damaskus besser als alle Wasser in Israel, dass ich mich darin wüsche und rein würde? Und wandte sich und zog weg mit Zorn. Da gingen seine Knechte zu ihm, redeten mit ihm und sprachen: Lieber Vater, wenn dich der Prophet etwas Großes hätte geheißen, solltest du es nicht tun? Wie viel mehr, wenn er zu dir sagt: Wasche dich, so wirst du rein! Da stieg er ab und taufte sich im Jordan siebenmal, wie der Mann Gottes geredet hatte; und sein Fleisch wurde wieder erstattet wie das Fleisch eines jungen Knaben, und er war rein.

2 Kön 5,10-14

Elisa erweckt den Sohn der Sunamitin

Und da Elisa ins Haus kam, siehe, da lag der Knabe tot auf seinem Bett. Und er ging hinein und schloss die Tür zu für sie beide und betete zu dem Herrn und stieg hinauf und legte sich auf das Kind und legte seinen Mund auf des Kindes Mund und seine Augen auf seine Augen und seine Hände auf seine Hände und breitete sich also über ihn, dass des Kindes Leib warm wurde. Er aber stand wieder auf und ging im Haus einmal hierher und daher und stieg hinauf und breitete sich über ihn. Da schnaubte der Knabe siebenmal; danach tat der Knabe seine Augen auf. Und er rief Gehasi* und sprach: Rufe die Sunamitin! Und da er sie rief, kam sie hinein zu ihm. Er sprach: Da nimm hin deinen Sohn!

Da kam sie und fiel zu seinen Füßen und beugte sich nieder zur Erde und nahm ihren Sohn und ging hinaus.

2 Kön 4,32-37

* Elisas Diener.

Daniel in der Löwengrube

Da befahl der König, dass man Daniel herbrächte; und sie warfen ihn zu den Löwen in den Graben. Der König aber sprach zu Daniel: Dein Gott, dem du ohne Unterlass dienst, der helfe dir! Und sie brachten einen Stein, den legten sie vor die Tür am Graben; den versiegelte der König mit seinem eigenen Ring und mit dem Ring der Gewaltigen, auf dass nichts anderes mit Daniel geschähe. Und der König ging weg in seine Burg und blieb ungesättigt und ließ auch kein Essen vor sich bringen, konnte auch nicht schlafen. Des Morgens früh, da der Tag anbrach, stand der König auf und ging eilend zum Graben, da die Löwen waren. Und als er zum Graben kam, rief er Daniel mit kläglicher Stimme. Und der König sprach zu Daniel: Daniel, du Knecht des lebendigen Gottes, hat dich auch dein Gott, dem du ohne Unterlass dienst, vor den Löwen erlösen können? Daniel aber redete mit dem König: Der König lebe ewiglich! Mein Gott hat seinen Engel gesandt, der den Löwen den Rachen zugehalten hat, dass sie mir kein Leid getan haben; denn vor ihm bin ich unschuldig; so habe ich auch wider dich, Herr König, nichts getan. Da wurde der König sehr froh und hieß Daniel aus dem Graben ziehen. Und sie zogen Daniel aus dem Graben, und man spürte keinen Schaden an ihm; denn er hatte seinem Gott vertraut.

Dan 6,16-23

Jona im Bauch des Wals

Aber der Herr verschaffte einen großen Fisch, Jona zu verschlingen. Und Jona war im Leib des Fisches drei Tage und drei Nächte. Und Jona betete zu dem Herrn, seinem Gott, im Leib des Fisches. Und sprach: Ich rief zu dem Herrn in meiner Angst, und er antwortete mir; ich schrie aus dem Bauch der Hölle, und du hörtest meine Stimme. Du warfst mich in die Tiefe mitten im Meer, dass die Fluten mich umgaben; alle deine Wogen und Wellen gingen über mich, dass ich gedachte, ich wäre von deinen Augen verstoßen, ich würde deinen heiligen Tempel nicht mehr sehen. Wasser umgaben mich bis an mein Leben, die Tiefe umringte mich; Schilf bedeckte mein Haupt. Ich sank hinunter zu der Berge Gründen, die Erde hatte mich verriegelt ewiglich; aber du hast mein Leben aus dem Verderben geführt, Herr, mein Gott. Da meine Seele bei mir verzagte, gedachte ich an den Herrn; und mein Gebet kam zu dir in deinen heiligen Tempel. Die da halten an dem Nichtigen, verlassen ihre Gnade. Ich aber will mit Dank dir opfern, mein Gelübde will ich bezahlen; denn die Hilfe ist des Herrn. Und der Herr sprach zum Fisch, und der spie Jona aus ans Land.

Jona 2,1-11

Gleichnisse

Das gestohlene Lamm

(Nathan spricht zu König David)

Und der Herr sandte Nathan zu David. Da der zu ihm kam, sprach er zu ihm: Es waren zwei Männer in einer Stadt, einer reich, der andere arm. Der Reiche hatte sehr viele Schafe und Rinder; aber der Arme hatte nichts als ein einziges kleines Schäflein, das er gekauft hatte. Und er nährte es, sodass es groß wurde bei ihm und bei seinen Kindern zugleich: Es aß von seinem Bissen und trank von seinem Becher und schlief in seinem Schoß, und er hielt es wie eine Tochter. Da aber zu dem reichen Mann ein Gast kam, schonte er zu nehmen von seinen Schafen und Rindern, sodass er dem Gast etwas zubereitete, der zu ihm gekommen war, und nahm das Schaf des armen Mannes und bereitete es für den Mann zu, der zu ihm gekommen war. Da ergrimmte David mit großem Zorn gegen den Mann und sprach zu Nathan: So wahr der Herr lebt, der Mann ist ein Kind des

Todes, der das getan hat! Dazu soll er vierfältig bezahlen, dafür, dass er solches getan hat und nicht geschont hat. Da sprach Nathan zu David: Du bist der Mann!

2 Sam 12,1-7

Der Weinberg

(Jesaja spricht zu Juda und Jerusalem)

Wohlan, ich will meinem Lieben singen, ein Lied meines Geliebten von seinem Weinberg: Mein Lieber hat einen Weinberg an einem fetten Ort. Und er hat ihn eingezäunt und mit Steinhaufen verwahrt und edle Reben darin gepflanzt. Er baute auch einen Turm darin und grub eine Kelter darein und wartete, dass er Trauben brächte; aber er brachte Herlinge*. Nun richtet, ihr Bürger zu Jerusalem und ihr Männer Judas, zwischen mir und meinem Weinberg. Was sollte man doch noch mehr tun an meinem Weinberg, das ich nicht getan habe an ihm? Warum hat er denn Herlinge gebracht, da ich erwartete, dass er Trauben brächte? Wohlan, ich will euch zeigen, was ich meinem Weinberg tun will. Seine Wand soll weggenommen werden, dass er verwüstet werde; sein Zaun soll zerrissen werden, dass er zertreten werde. Ich will ihn wüst liegen lassen, dass er nicht beschnitten noch gehackt werde, sondern Disteln und Dornen darauf wachsen, und will den Wolken gebie-

* Altertümlich für schlechte, harte, unreife Traube.

ten, dass sie nicht darauf regnen. Des Herrn Zebaoth Weinberg aber ist das Haus Israel, und die Männer Judas seine Pflanzung, daran er Lust hatte. Er wartete auf Recht, siehe, so ist es Schinderei, auf Gerechtigkeit, siehe, so ist es Klage.

Jes 5,1-7

Der Adler und der Weinstock

(Ezechiel spricht zu Israel)

Und des Herrn Wort geschah zu mir und sprach: Du Menschenkind, lege doch dem Haus Israel ein Rätsel vor und ein Gleichnis und sprich: So spricht der Herr: Ein großer Adler mit großen Flügeln und langen Fittichen und voll Federn, die bunt waren, kam auf den Libanon und nahm den Wipfel von der Zeder und brach das oberste Reis ab und führte es ins Krämerland und setzte es in die Kaufmannstadt. Er nahm auch vom Samen des Landes und pflanzte es in gutes Land, wo viel Wasser war, und setzte es lose hin. Und es wuchs und wurde ein ausgebreiteter Weinstock und niedrigen Stammes; denn seine Reben bogen sich zu ihm, und seine Wurzeln waren unter ihm; und er war also ein Weinstock, der Reben kriegte und Zweige. Und da war ein anderer großer Adler mit großen Flügeln und vielen Federn; und siehe, der Weinstock hatte Verlangen an seinen Wurzeln zu diesem Adler und streckte seine Reben aus gegen ihn, sodass er gewässert würde, vom Platz, da er gepflanzt war. Und war doch auf einen guten Boden an viel Wasser gepflanzt, da er wohl

Zweige hätte bringen können, Früchte tragen und ein herrlicher Weinstock werden. So sprich nun: Also sagt der Herr: Sollte der geraten? Ja, man wird seine Wurzeln ausrotten und seine Früchte abreißen, und er wird verdorren, dass alle Blätter seines Gewächses verdorren werden; und es wird nicht geschehen durch großen Arm noch viel Volks, dass man ihn von seinen Wurzeln wegführe. Siehe, er ist zwar gepflanzt; aber sollte er geraten? Ja, sobald der Ostwind an ihn rühren wird, wird er verdorren auf dem Platz, da er gewachsen ist.

Ez 17,1-10

DAS NEUE TESTAMENT

Wunder Jesu

»Dein Glaube hat dir geholfen.«

Heilungswunder

Der Aussätzige

Und es kam zu ihm ein Aussätziger, der bat ihn, kniete vor ihm und sprach: Willst du, so kannst du mich wohl reinigen. Und Jesus hatte Mitleid, und er reckte die Hand aus, rührte ihn an und sprach: Ich will es tun; sei gereinigt!

Und als er so sprach, ging der Aussatz sogleich von ihm, und er wurde rein. Und Jesus bedrohte ihn und trieb ihn alsbald von sich und sprach zu ihm: Sieh zu, dass du niemandem davon erzählst; sondern geh hin und zeige dich dem Priester und opfere für deine Reinigung, was Mose geboten hat, zum Zeugnis über sie. Er aber, da er hinauskam, fing an und sagte viel davon und machte die Geschichte bekannt, sodass er künftig nicht mehr öffentlich in die Stadt gehen konnte; sondern er war draußen in den wüsten Orten, und sie kamen zu ihm von allen Enden.

Mk 1,40-45 (Parallelstellen: Mt 8,1-4; Lk 5,12-16)

Der gelähmte Knecht

Als aber Jesus in Kapernaum ankam, trat ein Hauptmann zu ihm, der bat ihn und sprach: Herr, mein Knecht liegt zu Hause und ist gichtbrüchig und hat große Qual. Jesus sprach zu ihm: Ich will kommen und ihn gesund machen. Der Hauptmann antwortete und sprach: Herr, ich bin nicht wert, dass du unter mein Dach gehst; sondern sprich nur ein Wort, so wird mein Knecht gesund. Denn ich bin ein Mensch, der Obrigkeit untertan, und habe unter mir Kriegsknechte; und wenn ich zu einem sage: Geh hin! so geht er; und zum anderen: Komm her! so kommt er; und zu meinem Knecht: Tu das! so tut er es. Als Jesus dies hörte, wunderte er sich und sprach zu denen, die ihm nachfolgten: Wahrlich, ich sage euch: Solchen Glauben habe ich in Israel nicht gefunden! Aber ich sage euch: Viele werden kommen vom Morgen und vom Abend und mit Abraham und Isaak und Jakob im Himmelreich sitzen; aber die Kinder des Reiches werden ausgestoßen in die Finsternis hinaus; da wird Heulen und Zähneklappern sein.

Und Jesus sprach zum Hauptmann: Geh hin; dir geschehe, wie du geglaubt hast. Und sein Knecht wurde gesund in derselben Stunde.

Mt 8,5-13 (Parallelstelle: Lk 7,1-10)

Die Schwiegermutter des Simon Petrus

Und sie gingen bald aus der Schule und kamen in das Haus des Simon und Andreas mit Jakobus und Johannes. Und die Schwiegermutter Simons lag und hatte das Fieber; und sie erzählten ihm von ihr. Und er trat zu ihr und richtete sie auf und hielt sie bei der Hand; und das Fieber verließ sie, und sie diente ihnen.

Mk 1,29-31 (Parallelstellen: Mt 8,14-15; Lk 4,38-39)

Kranke im Land Genezareth

Und als sie hinübergefahren waren, kamen sie in das Land Genezareth und legten an. Und als sie aus dem Schiff traten, erkannten sie ihn sogleich und liefen in alle die umliegenden Länder und hoben an, die Kranken umherzuführen auf Betten, wo sie hörten, dass er war. Und wo er in die Märkte oder Städte oder Dörfer ging, da legten sie die Kranken auf den Markt und baten ihn, dass sie nur den Saum seines Kleides anrühren möchten; und alle, die ihn anrührten, wurden gesund.

Mk 6,53-56 (Parallelstelle: Mt 14,34-36)

Kranke am See Genezareth

Aber Jesus entwich mit seinen Jüngern an das Meer; und viel Volks folgte ihm nach aus Galiläa und aus Judäa und von Jerusalem und aus Idumäa und von jenseits des Jordans, und die um Tyrus und Sidon wohnen, eine große Menge, die seine Taten hörten, und kamen zu ihm. Und er sprach zu seinen Jüngern, dass sie ihm ein Schifflein bereit hielten um des Volkes willen, dass sie ihn nicht drängten. Denn er heilte ihrer viele, sodass ihn alle überfielen, die geplagt waren, auf dass sie ihn anrührten. Und wenn ihn die unsauberen Geister sahen, fielen sie vor ihm nieder, schrien und sprachen: Du bist Gottes Sohn! Und er bedrohte sie hart, dass sie ihn nicht offenbar machten.

Mk 3,7-12 (Parallelstelle: Mt 12,15-21)

Der Gelähmte in Kapernaum

Und nach etlichen Tagen ging er wiederum nach Kapernaum; und es wurde bekannt, dass er im Haus war. Und bald versammelten sich viele, sodass sie nicht genug Raum hatten, auch draußen vor der Tür nicht; und er sagte ihnen das Wort. Und es kamen etliche zu ihm, die brachten einen Gichtbrüchigen, von vieren getragen. Und da sie nicht ihm kommen konnten vor dem Volk, deckten sie das Dach auf, wo er war, und gruben es auf und ließen das Bett hinunter, worauf der Gichtbrüchige lag. Als aber Jesus ihren Glauben sah, sprach er zu dem Gichtbrüchigen: Mein Sohn, deine Sünden sind dir vergeben. Es waren aber etliche Schriftgelehrte, die saßen da und dachten in ihrem Herzen: Wie redet dieser solche Gotteslästerung? Wer kann Sünden vergeben außer Gott allein? Und Jesus erkannte bald in seinem Geist, dass sie so bei sich dachten, und sprach zu ihnen: Was denkt ihr solches in eurem Herzen? Was ist leichter: zu dem Gichtbrüchigen zu sagen: Dir sind deine Sünden vergeben, oder: Steh auf, nimm dein Bett und wandle? Auf dass ihr aber wisst, dass des Menschen Sohn Macht hat, die Sünden auf Erden zu vergeben (sprach er zu dem Gichtbrüchigen): Ich sage dir, steh auf, nimm dein Bett und geh heim! Und sogleich stand er auf, nahm sein Bett und ging hinaus vor allen, sodass sie sich entsetzten und Gott priesen und sprachen: Wir haben solches noch nie gesehen.

Mk 2,1-12 (Parallelstellen: Mt 9,1-8; Lk 5,17-26)

Der Sohn eines königlichen Beamten

Aber nach zwei Tagen zog er aus und zog nach Galiläa. Denn er selber, Jesus, zeugte, dass ein Prophet daheim nichts gilt. Da er nun nach Galiläa kam, nahmen ihn die Galiläer auf, die alles gesehen hatten, was er in Jerusalem auf dem Fest getan hatte; denn sie waren auch zum Fest gekommen. Und Jesus kam abermals nach Kana in Galiläa, wo er das Wasser zu Wein gemacht hatte. Und es war ein Königlicher, dessen Sohn lag krank in Kapernaum. Dieser hörte, dass Jesus aus Judäa nach Galiläa kam, und ging hin zu ihm und bat ihn, dass er hinabkäme und helfe seinem Sohn; denn er war todkrank. Und Jesus sprach zu ihm: Wenn ihr nicht Zeichen und Wunder seht, so glaubt ihr nicht. Der Königliche sprach zu ihm: Herr, komm hinab, ehe mein Kind stirbt! Jesus spricht zu ihm: Geh hin, dein Sohn lebt! Der Mensch glaubte dem Wort, das Jesus zu ihm sagte, und ging hin. Und indem er hinabging, begegneten ihm seine Knechte, verkündigten ihm und sprachen: Dein Kind lebt. Da forschte er von ihnen die Stunde, in welcher es besser mit ihm geworden war.

Und sie sprachen zu ihm: Gestern um die siebte Stunde verließ ihn das Fieber. Da merkte der Vater, dass es um die Stunde wäre, in welcher Jesus zu ihm gesagt hatte: Dein Sohn lebt. Und er glaubte mit seinem ganzen Haus. Das ist nun das andere Zeichen, das Jesus tat, als er aus Judäa nach Galiläa kam.

Joh 4,43-54

Der blinde Bartimäus

Und sie kamen nach Jericho. Und als er aus Jericho hinausging, er und seine Jünger und ein großes Volk, da saß ein Blinder, Bartimäus, des Timäus Sohn, am Weg und bettelte. Und als er hörte, dass es Jesus von Nazareth war, fing er an zu schreien und zu sagen: Jesus, du Sohn Davids, erbarme dich mein! Und viele bedrohten ihn, er sollte stillschweigen. Er aber schrie viel mehr: Du Sohn Davids, erbarme dich mein! Und Jesus stand still und ließ ihn rufen. Und sie riefen den Blinden und sprachen zu ihm: Sei getrost! Steh auf, er ruft dich! Und er warf sein Kleid von sich, stand auf und kam zu Jesu. Und Jesus antwortete und sprach zu ihm: Was willst du, dass ich dir tun soll? Der Blinde sprach zu ihm: Rabbuni*, dass ich sehend werde. Jesus aber sprach zu ihm: Geh hin; dein Glaube hat dir geholfen. Und sogleich wurde er sehend und folgte ihm nach auf dem Weg.

Mk 10,46-52 (Parallelstellen: Mt 20,29-34; Lk 18,35-43)

* Aramäisch für Meister, Lehrer.

Der Taubstumme

Und da er wieder ausging aus der Gegend von Tyrus und Sidon, kam er an das Galiläische Meer, mitten in das Gebiet der zehn Städte. Und sie brachten zu ihm einen Tauben, der stumm war, und sie baten ihn, dass er die Hand auf ihn legte. Und er nahm ihn von dem Volk besonders und legte ihm die Finger in die Ohren und spuckte und rührte seine Zunge und sah auf gen Himmel, seufzte und sprach zu ihm: Hephatha! Das ist: Tu dich auf!

Und alsbald taten sich seine Ohren auf, und das Band seiner Zunge war los, und er redete recht. Und er verbot ihnen, sie sollten es niemandem sagen. Je mehr er aber verbot, desto mehr verbreiteten sie es. Und sie wunderten sich über die Maßen und sprachen: Er hat alles wohl gemacht; die Tauben macht er hörend und die Sprachlosen redend.

Mk 7,31-37 (Parallelstelle: Mt 15,29-31)

Die zehn Aussätzigen

Und es begab sich, als er nach Jerusalem reiste, zog er mitten durch Samarien und Galiläa. Und als er in einen Markt kam, begegneten ihm zehn aussätzige Männer, die standen von ferne und erhoben ihre Stimme und sprachen: Jesus, lieber Meister, erbarme dich unser! Und da er sie sah, sprach er zu ihnen: Geht hin und zeigt euch den Priestern! Und es geschah, da sie hingingen, wurden sie rein. Einer aber unter ihnen, da er sah, dass er geheilt war, kehrte um und pries Gott mit lauter Stimme und fiel auf sein Angesicht zu seinen Füßen und dankte ihm. Und das war ein Samariter. Jesus aber antwortete und sprach: Sind ihrer nicht zehn rein geworden? Wo sind aber die neun? Hat sich sonst keiner gefunden, der wieder umkehrte und gäbe Gott die Ehre, als dieser Fremdling? Und er sprach zu ihm: Steh auf, geh hin; dein Glaube hat dir geholfen.

Lk 17,11-19

Die verdorrte Hand
Eine Heilung am Sabbat

Und er ging abermals in die Schule. Und es war da ein Mensch, der hatte eine verdorrte Hand. Und sie lauerten darauf, ob er auch am Sabbat ihn heilen würde, damit sie eine Sache gegen ihn hätten. Und er sprach zu dem Menschen mit der verdorrten Hand: Tritt hervor! Und er sprach zu ihnen: Soll man am Sabbat Gutes tun oder Böses, das Leben erhalten oder töten? Sie aber schwiegen still. Und er sah sie umher an mit Zorn und war betrübt über ihr verstocktes Herz und sprach zu dem Menschen: Streck deine Hand aus! Und er streckte sie aus; und die Hand wurde ihm gesund wie die andere. Und die Pharisäer gingen hinaus und hielten sogleich einen Rat mit des Herodes Dienern über ihn, wie sie ihn umbrächten.

Mk 3,1-6 (Parallelstellen: Mt 12,9-13; Lk 6,6-11)

Der Kranke am Teich Bethesda
Eine Heilung am Sabbat

Danach war ein Fest der Juden, und Jesus zog hinauf nach Jerusalem. Es ist aber zu Jerusalem bei dem Schaftor ein Teich, der heißt auf Hebräisch Bethesda und hat fünf Hallen, in welchem viele Kranke, Blinde, Lahme, Verdorrte lagen, die warteten, wann sich das Wasser bewegte. (Denn ein Engel fuhr herab zu seiner Zeit in den Teich und bewegte das Wasser.) Welcher nun zuerst, nachdem das Wasser bewegt war, hineinstieg, der wurde gesund, mit welcherlei Seuche er auch behaftet war. Es war aber dort ein Mensch, der achtunddreißig Jahre lang krank gelegen hatte. Da Jesus ihn liegen sah und vernahm, dass er so lange gelegen hatte, spricht er zu ihm: Willst du gesund werden? Der Kranke antwortete ihm: Herr, ich habe keinen Menschen, wenn das Wasser sich bewegt, der mich in den Teich lasse; und wenn ich komme, so steigt ein anderer vor mir hinein. Jesus spricht zu ihm: Steh auf, nimm dein Bett und geh hin! Und sogleich wurde der Mensch gesund und nahm sein Bett und ging hin. Es war aber desselben Tags der Sabbat.

Joh 5,1-9

Der Blinde
Eine Heilung am Sabbat

Und Jesus ging vorüber und sah einen, der blind geboren war. Und seine Jünger fragten ihn und sprachen: Meister, wer hat gesündigt, dieser oder seine Eltern, dass er blind geboren ist? Jesus antwortete: Es hat weder dieser gesündigt noch seine Eltern, sondern dass die Werke Gottes offenbar würden an ihm. Ich muss wirken die Werke des, der mich gesandt hat, solange es Tag ist; es kommt die Nacht, da niemand wirken kann. Während ich in der Welt bin, bin ich das Licht der Welt. Als er dieses gesagt hatte, spuckte er auf die Erde und machte einen Kot aus dem Speichel und schmierte den Kot auf des Blinden Augen und sprach zu ihm: Geh hin zu dem Teich Siloah (das ist übersetzt: gesandt) und wasch dich! Da ging er hin und wusch sich und kam sehend zurück.

Joh 9,1-7

Die gekrümmte Frau
Eine Heilung am Sabbat

Und er lehrte in einer Schule am Sabbat. Und siehe, eine Frau war da, die hatte einen Geist der Krankheit achtzehn Jahre; und sie war krumm und konnte nicht wohl aufsehen.

Da sie aber Jesus sah, rief er sie zu sich und sprach zu ihr: Frau, sei befreit von deiner Krankheit! Und legte die Hände auf sie; und sogleich richtete sie sich auf und pries Gott. Da antwortete der Oberste der Schule und war unwillig, dass Jesus am Sabbat heilte, und sprach zu dem Volk: Es sind sechs Tage, an denen man arbeiten soll; an ihnen kommt und lasst euch heilen, und nicht am Sabbattag. Da antwortete ihm der Herr und sprach: Du Heuchler! Löst nicht ein jeglicher unter euch seinen Ochsen oder Esel von der Krippe am Sabbat und führt ihn zur Tränke? Sollte aber nicht gelöst werden am Sabbat diese, die doch Abrahams Tochter ist, von diesem Band, welches Satan gebunden hatte nun wohl achtzehn Jahre? Und als er solches sagte, mussten sich alle schämen, die ihm zuwider gewesen waren; und alles Volk freute sich über alle herrlichen Taten, die von ihm geschahen.

Lk 13,10-17

Der wassersüchtige Mann
Eine Heilung am Sabbat

Und es begab sich, dass er in ein Haus eines Obersten der Pharisäer kam an einem Sabbat, das Brot zu essen; und sie hatten acht auf ihn. Und siehe, da war ein Mensch vor ihm, der war wassersüchtig. Und Jesus antwortete und sagte zu den Schriftgelehrten und Pharisäern und sprach: Ist es auch recht, am Sabbat zu heilen? Sie aber schwiegen still. Und er griff ihn an und heilte ihn und ließ ihn gehen. Und antwortete und sprach zu ihnen: Welcher ist unter euch, dem sein Ochse oder Esel in den Brunnen fällt und der nicht alsbald ihn herauszieht am Sabbattage? Und sie konnten ihm darauf nicht wieder Antwort geben.

Lk 14,1-6 (Parallelstelle: Mt 12,11)

»Ich bin die Auferstehung und das Leben.«
Totenerweckungen

Die blutflüssige Frau und die Tochter des Jairus

Und als Jesus wieder herüberfuhr im Schiff, versammelte sich viel Volks um ihm, und er war am Meer. Und siehe, da kam einer der Obersten von der Schule, mit Namen Jairus; und als er ihn sah, fiel er ihm zu Füßen und bat ihn sehr und sprach: Meine Tochter ist in den letzten Zügen; du wollest kommen und deine Hand auf sie legen, dass sie gesund werde und lebe. Und er ging hin mit ihm; und es folgte ihm viel Volks nach, und sie drängten ihn. Und da war eine Frau, die hatte zwölf Jahre Blutungen gehabt und viel erlitten von vielen Ärzten und hatte all ihr Gut darüber verzehrt, und nichts half ihr, sondern vielmehr wurde es schlimmer mit ihr. Da sie von Jesus hörte, kam sie im Volk von hinten an ihn heran und rührte sein Kleid an. Denn sie sprach: Wenn ich nur sein Kleid anrühren möchte, so würde ich gesund. Und alsbald vertrocknete der Brunnen ihres Bluts; und sie fühlte es am Leib, dass sie von ihrer Plage gesund geworden war. Und Jesus fühlte an sich selbst die Kraft, die von ihm ausgegangen war, und wandte sich zum Volk um und sprach: Wer hat meine Kleider angerührt? Und die Jünger sprachen zu ihm: Du siehst, dass dich das Volk drängt, und sprichst: Wer hat mich angerührt? Und er sah sich um nach der, die das getan hatte. Die Frau aber fürchtete sich und zitterte (denn sie wusste, was an ihr geschehen war), kam und fiel vor ihm nieder und sagte die ganze Wahrheit. Er sprach aber zu ihr: Meine Tochter, dein Glaube hat dich gesund gemacht; geh hin in Frieden und sei gesund von deiner Plage! Während er noch redete, kamen etliche vom Gesinde des Obersten der Schule und sprachen: Deine Tochter ist gestorben; was bemühst du weiter den Meister?

Jesus aber hörte die Rede, die da gesagt wurde, und sprach zum Obersten der Schule: Fürchte dich nicht, glaube nur! Und ließ niemanden ihm nachfolgen außer Petrus und Jakobus und Johannes, den Bruder des Jakobus. Und er kam in das Haus des Obersten der Schule und sah das Getümmel und jene, die da weinten und heulten. Und er ging hinein und sprach zu ihnen: Was tummelt und weint ihr? Das Kind ist nicht gestorben, sondern es schläft. Und sie verlachten ihn. Und er trieb sie alle hinaus und nahm mit sich den Vater des Kindes und die Mutter, die bei ihm waren, und ging dort hinein, wo das Kind lag, und ergriff das Kind bei der Hand und sprach zu ihr: Talitha kumi! Das ist übersetzt: Mägdelein, ich sage dir, steh auf! Und sogleich stand das Mägdelein auf und wandelte; es war aber zwölf Jahre alt. Und sie entsetzten sich über die Maßen. Und er verbot ihnen hart, dass es niemand wissen sollte, und sagte, sie sollten ihr zu essen geben.

Mk 5,21-43 (Parallelstellen: Mt 9,18-26; Lk 8,40-56)

Lazarus

Es lag aber einer krank mit Namen Lazarus, von Bethanien, dem Flecken Marias und ihrer Schwester Martha. (Maria aber war, die den Herrn gesalbt hat mit Salbe und seine Füße getrocknet mit ihrem Haar; deren Bruder, Lazarus, war krank.) Da sandten seine Schwestern zu ihm und ließen ihm sagen: Herr, siehe, den du lieb hast, der liegt krank. Da Jesus das hörte, sprach er: Die Krankheit ist nicht zum Tod, sondern zur Ehre Gottes, dass der Sohn Gottes dadurch geehrt werde. Jesus aber hatte Martha lieb und ihre Schwester und Lazarus. Als er nun hörte, dass er krank war, blieb er zwei Tage an dem Ort, wo er war. Danach spricht er zu seinen Jüngern: Lasst uns wieder nach Judäa ziehen! Seine Jünger sprachen zu ihm: Meister, jenes Mal wollten die Juden dich steinigen, und du willst wieder dahin ziehen? Jesus antwortete: Hat nicht der Tag zwölf Stunden? Wer des Tags wandelt, der stößt sich nicht; denn er sieht das Licht dieser Welt. Wer aber des Nachts wandelt, der stößt sich; denn es ist kein Licht in ihm. Solches sagte er, und danach spricht er zu ihnen: Lazarus, unser Freund, schläft; aber ich gehe hin, dass ich ihn auferwecke. Da sprachen seine Jünger: Herr, schläft er, so wird's besser mit ihm. Jesus aber sprach von seinem Tod; sie meinten aber, er redete vom leiblichen Schlaf. Da sagte es ihnen Jesus frei heraus: Lazarus ist gestorben; und ich bin froh um euretwillen, dass ich nicht dagewesen bin, auf dass ihr glaubt. Aber lasst uns zu ihm ziehen. Da sprach Thomas, der genannt ist Zwilling, zu den Jüngern: Lasst uns mitziehen, dass wir mit ihm sterben! Da kam Jesus und fand ihn, dass er schon vier Tage im Grab gelegen hatte. Bethanien aber war nah bei Jerusalem, bei fünfzehn Feld Weges; und viele Juden waren zu Martha und Maria gekommen, sie zu trösten über ihren Bruder. Als Martha nun hörte, dass Jesus kommt, geht sie ihm entgegen; Maria aber blieb daheim sitzen. Da sprach Martha zu Jesus: Herr, wärest du hier gewesen, mein Bruder wäre nicht gestorben! Aber ich weiß auch noch, dass, was du bittest von Gott, das wird dir Gott geben. Jesus spricht zu ihr: Dein Bruder soll auferstehen. Martha spricht zu ihm: Ich weiß wohl, dass er auferstehen wird in der Auferstehung am Jüngsten Tag. Jesus spricht zu ihr: Ich bin die Auferstehung und das Leben. Wer an mich glaubt, der wird leben, ob er gleich stürbe; und wer da lebt und glaubt an mich, der wird nimmermehr sterben. Glaubst du das? Sie spricht zu ihm: Herr, ja, ich glaube, dass du bist Christus, der Sohn Gottes, der in die Welt gekommen ist. Und da sie das gesagt hatte, ging sie hin und rief ihre Schwester Maria heimlich und sprach: Der Meister ist da und ruft dich. Dieselbe, als sie das hörte, stand eilend auf und kam zu ihm. (Denn Jesus war noch nicht in den Flecken gekommen, sondern war noch an dem Ort, wo ihm Martha entgegengekommen war.) Die Juden, die bei ihr im Haus waren und sie trösteten, da sie Maria sahen, dass sie eilend aufstand und hinausging, folgten ihr nach und sprachen: Sie geht hin zum Grab, dass sie daselbst weine. Als nun Maria dahin kam, wo Jesus war, und ihn sah, fiel sie zu seinen Füßen und sprach zu ihm: Herr, wärst du hier gewesen, mein Bruder wäre nicht gestorben! Als Jesus sie weinen sah und auch die Juden, die mit ihr kamen, ergrimmte er im Geist und betrübte sich selbst und sprach: Wo habt ihr ihn hingelegt? Sie sprachen zu ihm: Herr, komm und sieh es! Und Jesus gingen die Augen über. Da sprachen die Juden: Siehe, wie hat er ihn so lieb gehabt! Etliche aber unter ihnen sprachen: Konnte, der den Blinden die Augen aufgetan hat, nicht verschaffen, dass auch dieser nicht stürbe? Da ergrimmte Jesus abermals in sich selbst und kam zum Grab. Es war aber eine Kluft, und ein Stein daraufgelegt. Jesus sprach: Hebt den Stein ab! Spricht zu ihm Martha, die Schwester des Verstorbenen: Herr, er stinkt schon; denn er hat vier Tage gelegen. Jesus spricht zu ihr: Habe ich dir nicht gesagt, wenn du glauben würdest, du würdest die Herrlichkeit Gottes sehen? Da hoben sie den Stein ab, wo der Verstorbene lag. Jesus aber hob seine Augen empor und sprach: Vater, ich danke dir, dass du mich erhört hast. Doch ich weiß, dass du mich allezeit hörst; aber um des Volkes willen, das umhersteht, sage ich's, dass sie glauben, du habest mich gesandt. Da er das gesagt hatte, rief er mit lauter Stimme: Lazarus, komm heraus! Und der Verstorbene kam heraus, gebunden mit Grabtüchern an Füßen und Händen und sein Angesicht verhüllt mit dem Schweißtuch. Jesus spricht zu ihnen: Löst ihn auf und lasst ihn gehen!

Joh 11,1-44

Der Jüngling von Nain

Und es begab sich danach, dass er in eine Stadt mit Namen Nain ging; und viele seiner Jünger gingen mit ihm und viel Volks. Als er aber nah an das Stadttor kam, siehe, da trug man einen Toten heraus, der ein einziger Sohn war seiner Mutter, und sie war eine Witwe; und viel Volks aus der Stadt ging mit ihr. Und da sie der Herr sah, tat sie ihm leid, und er sprach zu ihr: Weine nicht! Und er trat hinzu und rührte den Sarg an; und die Träger standen. Und er sprach: Jüngling, ich sage dir, steh auf! Und der Tote richtete sich auf und fing an zu reden; und er gab ihn seiner Mutter. Und es kam sie alle eine Furcht an und sie priesen Gott und sprachen: Es ist ein großer Prophet unter uns aufgestanden, und Gott hat sein Volk heimgesucht. Und diese Rede von ihm erscholl in das ganze jüdische Land und in alle umliegenden Länder.

Lk 7,11-17

»Verstumme und fahre aus von ihm!«
Exorzismen

Die Tochter der kanaanäischen Frau

Und er stand auf und ging in die Gegend von Tyrus und Sidon; und ging da in ein Haus und wollte es niemanden wissen lassen und konnte doch nicht verborgen sein. Denn eine Frau hatte von ihm gehört, deren Töchterlein einen unsauberen Geist hatte, und sie kam und fiel nieder zu seinen Füßen (und es war ein griechisches Weib aus Syrophönizien), und sie bat ihn, dass er den Teufel von ihrer Tochter austriebe. Jesus aber sprach zu ihr: Lass zuvor die Kinder satt werden; es ist nicht fein, dass man der Kinder Brot nehme und werfe es vor die Hunde. Sie antwortete aber und sprach zu ihm: Ja, Herr; aber doch essen die Hündlein unter dem Tisch von den Brosamen der Kinder. Und er sprach zu ihr: Um des Wortes willen so gehe hin; der Teufel ist von deiner Tochter ausgefahren. Und sie ging hin in ihr Haus und fand, dass der Teufel ausgefahren war, und die Tochter auf dem Bett liegend.

Mk 7,24-30 (Parallelstelle: Mt 15,21-28)

Der besessene Junge

Und er kam zu seinen Jüngern und sah viel Volks um sie und Schriftgelehrte, die sich mit ihnen besprachen. Und alsbald, da alles Volk ihn sah, entsetzten sie sich, liefen zu ihm und grüßten ihn. Und er fragte die Schriftgelehrten: Was besprecht ihr euch mit ihnen? Einer aber aus dem Volk antwortete und sprach: Meister, ich habe meinen Sohn hergebracht zu dir, der hat einen sprachlosen Geist. Und wo er ihn erwischt, da reißt er ihn; und er schäumt und knirscht mit den Zähnen und verdorrt. Ich habe mit deinen Jüngern geredet, dass sie ihn austrieben, und sie können's nicht. Er antwortete ihm aber und sprach: O du ungläubiges Geschlecht, wie lange soll ich bei euch sein? Wie lange soll ich euch tragen? Bringt ihn her zu mir! Und sie brachten ihn her zu ihm. Und sogleich, da ihn der Geist sah, riss er ihn; und er fiel auf die Erde und wälzte sich und schäumte. Und er fragte seinen Vater: Wie lange ist's, dass es ihm widerfahren ist? Er sprach: Von Kind auf. Und oft hat er ihn in Feuer und Wasser geworfen, dass er ihn umbrächte. Kannst du aber was, so erbarme dich unser und hilf uns! Jesus aber sprach zu ihm: Wenn du könntest glauben! Alle Dinge sind möglich dem, der da glaubt. Und da schrie des Kindes Vater mit Tränen und sprach: Ich glaube, lieber Herr, hilf meinem Unglauben! Da nun Jesus sah, dass das Volk zulief, bedrohte er den unsauberen Geist und sprach zu ihm: Du sprachloser und tauber Geist, ich gebiete dir, dass du von ihm ausfährst und fährst künftig nicht mehr in ihn! Da schrie er und riss ihn sehr und fuhr aus. Und er war, als wäre er tot, sodass auch viele sagten: Er ist tot. Jesus aber ergriff ihn bei der Hand und richtete ihn auf; und er stand auf. Und da er heimkam, fragten ihn seine Jünger besonders: Warum konnten wir ihn nicht austreiben? Und er sprach: Diese Art kann mit nichts ausfahren außer durch Beten und Fasten.

Mk 9,14-29 (Parallelstellen: Mt 17,14-20; Lk 9,37-43)

Der Gadarener

Und sie kamen jenseits des Meeres in die Gegend der Gadarener. Und als er aus dem Schiff trat, lief ihm sogleich aus den Gräbern ein besessener Mensch mit einem unsauberen Geist entgegen, der seine Wohnung in den Gräbern hatte; und niemand konnte ihn binden, auch nicht mit Ketten. Denn er war oft mit Fesseln und Ketten gebunden gewesen und hatte die Ketten abgerissen und die Fesseln zerrieben; und niemand konnte ihn zähmen. Und er war allezeit, Tag und Nacht, auf den Bergen und in den Gräbern, schrie und schlug sich mit Steinen. Da er aber Jesus von fern sah, lief er zu ihm und fiel vor ihm nieder, schrie laut und sprach: Was habe ich mit dir zu tun, o Jesus, du Sohn Gottes, des Allerhöchsten? Ich beschwöre dich bei Gott, dass du mich nicht quälst! Denn er sprach zu ihm: Fahre aus, du unsauberer Geist, von dem Menschen! Und er fragte ihn: Wie heißt du? Und er antwortete und sprach: Legion heiße ich; denn wir sind unserer viele. Und er bat ihn sehr, dass er sie nicht aus der Gegend triebe. Und es war an den Bergen eine große Herde Säue auf der Weide. Und die Teufel baten ihn alle und sprachen: Lass uns in die Säue fahren! Und alsbald erlaubte es ihnen Jesus. Da fuhren die unsauberen Geister aus und fuhren in die Säue; und die Herde stürzte sich von dem Abhang ins Meer (ihrer waren aber bei zweitausend) und ersoffen im Meer. Und die Sauhirten flohen und verkündigten das in der Stadt und auf dem Land. Und sie gingen hinaus, zu sehen, was da geschehen war, und kamen zu Jesus und sahen den, der von den Teufeln besessen war, dass er saß und war bekleidet und vernünftig, und fürchteten sich. Und die es gesehen hatten, sagten ihnen, was dem Besessenen widerfahren war, und von den Säuen. Und sie fingen an und baten ihn, dass er aus ihrer Gegend zöge. Und da er in das Schiff trat, bat ihn der Besessene, dass er bei ihm sein möchte. Aber Jesus ließ es nicht zu, sondern sprach zu ihm: Geh hin in dein Haus und zu den Deinen und verkündige ihnen, wie große Wohltat dir der Herr getan und sich deiner erbarmt hat. Und er ging hin und fing an, auszurufen in den zehn Städten, wie große Wohltat ihm Jesus getan hatte; und jedermann verwunderte sich.

Mk 5,1-20 (Parallelstellen: Mt 8,28-34; Lk 8,26-39)

Der Besessene in Kapernaum

Und sie gingen nach Kapernaum; und bald am Sabbat ging er in die Schule und lehrte. Und sie entsetzten sich über seine Lehre; denn er lehrte gewaltig und nicht wie die Schriftgelehrten. Und es war in ihrer Schule ein Mensch, besessen von einem unsauberen Geist, der schrie und sprach: Halt, was haben wir mit dir zu schaffen, Jesus von Nazareth? Du bist gekommen, uns zu verderben. Ich weiß wer du bist: der Heilige Gottes. Und Jesus bedrohte ihn und sprach: Verstumme und fahre aus von ihm! Und der unsaubere Geist riss ihn und schrie laut und fuhr aus von ihm. Und sie entsetzten sich alle, sodass sie untereinander sich besprachen und sprachen: Was ist das? Was ist das für eine neue Lehre? Er gebietet mit Gewalt den unsauberen Geistern, und sie gehorchen ihm. Und sein Gerücht erscholl alsbald umher in das galiläische Land.

Mk 1,21-28 (Parallelstelle: Lk 4,31-37)

»Denn Wind und Meer sind ihm gehorsam.«
Natur- und Speisungswunder

Jesus stillt den Sturm

Und an demselben Tag des Abends sprach er zu ihnen: Lasst uns hinüberfahren. Und sie ließen das Volk gehen und nahmen ihn, wie er im Schiff war; und es waren mehr Schiffe bei ihm. Und es erhob sich ein großer Windwirbel und warf die Wellen in das Schiff, sodass das Schiff voll wurde. Und er war hinten auf dem Schiff und schlief auf einem Kissen. Und sie weckten ihn auf und sprachen zu ihm: Meister, fragst du nicht danach, dass wir verderben? Und er stand auf und bedrohte den Wind und sprach zum Meer: Schweig und verstumme! Und der Wind legte sich, und es war eine große Stille. Und er sprach zu ihnen: Wie seid ihr so furchtsam? Wie, dass ihr keinen Glauben habt?

Und sie fürchteten sich sehr und sprachen untereinander: Wer ist der? Denn Wind und Meer sind ihm gehorsam.

Mk 4,35-41 (Parallelstellen: Mt 8,23-27; Lk 8,22-25)

Jesus geht über das Wasser

Und bald trieb Jesus seine Jünger, dass sie in das Schiff traten und vor ihm herüberfuhren, bis er das Volk von sich ließe. Und da er das Volk von sich gelassen hatte, stieg er allein auf einen Berg, dass er betete. Und am Abend war er dort allein. Und das Schiff war schon mitten auf dem Meer und litt Not von den Wellen; denn der Wind war ihnen zuwider. Aber in der vierten Nachtwache kam Jesus zu ihnen und ging auf dem Meer. Und da ihn die Jünger auf dem Meer gehen sahen, erschraken sie und sprachen: Es ist ein Gespenst! und schrien vor Furcht. Aber sogleich redete Jesus mit ihnen und sprach: Seid getrost, ich bin's; fürchtet euch nicht! Petrus aber antwortete ihm und sprach: Herr, bist du es, so heiß mich zu dir kommen auf dem Wasser. Und er sprach: Komm her! Und Petrus trat aus dem Schiff und ging auf dem Wasser, dass er zu Jesu käme. Er sah aber einen starken Wind; da erschrak er und fing an zu sinken, schrie und sprach: Herr, hilf mir! Jesus reckte die Hand aus und ergriff ihn und sprach zu ihm: O du Kleingläubiger, warum zweifeltest du? Und sie traten in das Schiff, und der Wind legte sich. Die aber im Schiff waren, kamen und fielen vor ihm nieder und sprachen: Du bist wahrlich Gottes Sohn!

Mt 14,22-33 (Parallelstellen: Mk 6,45-53; Joh 6,16-21)

Die Verfluchung des Feigenbaums

Als er aber des Morgens wieder in die Stadt ging, hungerte ihn; und er sah einen Feigenbaum am Weg und ging hinzu und fand nichts daran als allein Blätter und sprach zu ihm: Nun wachse auf dir hinfort nimmermehr eine Frucht! Und der Feigenbaum verdorrte alsbald. Und da das die Jünger sahen, wunderten sie sich und sprachen: Wie ist der Feigenbaum so bald verdorrt? Jesus aber antwortete und sprach zu ihnen: Wahrlich, ich sage euch: So ihr Glauben habt und nicht zweifelt, so werdet ihr nicht allein solches mit dem Feigenbaum tun, sondern, wenn ihr zu diesem Berg sagen werdet: Hebe dich auf und wirf dich ins Meer! So wird es geschehen. Und alles, was ihr bittet im Gebet, wenn ihr glaubt, werdet ihr es empfangen.

Mt 21,18-22 (Parallelstellen: Mk 11,12-14; 20-26)

Die Speisung der Fünftausend

Und die Apostel kamen zu Jesus zusammen und verkündigten ihm das alles und was sie getan und gelehrt hatten. Und er sprach zu ihnen: Lasst uns besonders an eine wüste Stätte gehen und ruht ein wenig. Denn ihrer waren viele, die ab und zu gingen; und sie hatten nicht Zeit genug, zu essen. Und er fuhr da in einem Schiff zu einer wüsten Stätte. Und das Volk sah sie wegfahren; und viele kannten ihn und liefen dahin miteinander zu Fuß aus allen Städten und kamen ihnen zuvor und kamen zu ihm. Und Jesus ging heraus und sah das große Volk; und sie taten ihm leid; denn sie waren wie die Schafe, die keinen Hirten haben; und er fing eine lange Predigt an. Da nun der Tag fast dahin war, traten seine Jünger zu ihm und sprachen: Es ist wüst hier, und der Tag ist nun dahin; lass sie von dir gehen, dass sie hingehen umher in die Dörfer und Märkte und kaufen sich Brot, denn sie haben nichts zu essen. Jesus aber antwortete und sprach zu ihnen: Gebt ihr ihnen zu essen. Und sie sprachen zu ihm: Sollen wir denn hingehen und für zweihundert Groschen Brot kaufen und ihnen zu essen geben? Er aber sprach zu ihnen: Wie viel Brot habt ihr? Geht hin und seht nach! Und da sie es erkundet hatten, sprachen sie: fünf Brote und zwei Fische. Und er gebot ihnen, dass sie sich alle lagerten, tischweise, auf das grüne Gras. Und sie setzten sich nach Schichten, je hundert und hundert, fünfzig und fünfzig. Und er nahm die fünf Brote und zwei Fische, sah zum Himmel auf und dankte und brach die Brote und gab sie den Jüngern, dass sie ihnen vorlegten; und die zwei Fische teilte er unter sie alle. Und sie aßen alle und wurden satt. Und sie hoben die Brocken auf, zwölf Körbe voll, und von den Fischen. Und die da gegessen hatten, waren fünftausend Mann.

Mk 6,30-44 (Parallelstellen: Mt 14,13-21; Lk 9,10-17; Joh 6,1-15)

Die Speisung der Viertausend

Zu der Zeit, da viel Volks da war, und hatte nichts zu essen, rief Jesus seine Jünger zu sich und sprach zu ihnen: Mir tut das Volk leid; denn sie haben nun drei Tage bei mir ausgeharrt und haben nichts zu essen; und wenn ich sie ungesättigt von mir heimgehen ließe, würden sie auf dem Weg verschmachten; denn etliche sind von fern gekommen. Seine Jünger antworteten ihm: Woher nehmen wir Brot hier in der Wüste, dass wir sie sättigen? Und er fragte sie: Wie viel Brote habt ihr? Sie sprachen: Sieben. Und er gebot dem Volk, dass sie sich auf der Erde lagerten. Und er nahm die sieben Brote und dankte und brach sie und gab sie seinen Jüngern, dass sie dieselben vorlegten; und sie legten sie dem Volk vor. Und sie hatten ein wenig Fischlein; und er dankte und hieß die auch vortragen. Sie aßen aber und wurden satt; und hoben die übrigen Brocken auf, sieben Körbe. Und es waren bei viertausend, die da gegessen hatten; und er ließ sie von sich.

Mk 8,1-9 (Parallelstelle: Mt 15,32-39)

Die Hochzeit in Kana

Und am dritten Tag wurde eine Hochzeit gefeiert zu Kana in Galiläa; und die Mutter Jesu war da. Jesus aber und seine Jünger wurden auch auf die Hochzeit geladen. Und da es an Wein mangelte, spricht die Mutter Jesu zu ihm: Sie haben keinen Wein. Jesus spricht zu ihr: Frau, was habe ich mit dir zu schaffen? Meine Stunde ist noch nicht gekommen. Seine Mutter spricht zu den Dienern: Was er euch sagt, das tut. Es waren aber da sechs steinerne Wasserkrüge gesetzt nach der Weise der jüdischen Reinigung, und es ging in je einen zwei oder drei Maß. Jesus spricht zu ihnen: Füllt die Wasserkrüge mit Wasser! Und sie füllten sie bis oben hin. Und er spricht zu ihnen: Schöpft nun und bringt's dem Speisemeister! Und sie brachten es. Als aber der Speisemeister den Wein kostete, der Wasser gewesen war, und wusste nicht, woher er kam (die Diener aber wussten es, die das Wasser geschöpft hatten), ruft der Speisemeister den Bräutigam und spricht zu ihm: Jedermann gibt zuerst den guten Wein, und wenn sie betrunken geworden sind, dann den geringeren; du hast den guten Wein bis jetzt behalten. Das ist das erste Zeichen, das Jesus tat, geschehen zu Kana in Galiläa, und offenbarte seine Herrlichkeit. Und seine Jünger glaubten an ihn.

Joh 2,1-1

Der reiche Fischfang

Es begab sich aber, da sich das Volk zu ihm drängte, zu hören das Wort Gottes, dass er stand am See Genezareth und sah zwei Schiffe am See stehen, die Fischer aber waren ausgetreten und wuschen ihre Netze. Da trat er in eines der Schiffe, welches Simons war, und bat ihn, dass er es ein wenig vom Land führte. Und er setzte sich und lehrte das Volk aus dem Schiff. Und als er aufgehört hatte zu reden, sprach er zu Simon: Fahre auf die Höhe und werfet eure Netze aus, dass ihr einen Zug tut. Und Simon antwortete und sprach zu ihm: Meister, wir haben die ganze Nacht gearbeitet und nichts gefangen, aber auf dein Wort will ich das Netz auswerfen. Und da sie das taten, beschlossen sie eine große Menge Fische, und ihr Netz zerriss. Und sie winkten ihren Gesellen, die im anderen Schiff waren, dass sie kämen und würden ihnen ziehen helfen. Und sie kamen und füllten beide Schiffe voll, sodass sie sanken. Da das Simon Petrus sah, fiel er Jesu zu den Knien und sprach: Herr, gehe von mir hinaus! Ich bin ein sündiger Mensch. Denn es war ihn ein Schrecken angekommen, ihn und alle, die mit ihm waren, über diesen Fischzug, den sie miteinander getan hatten; desgleichen auch Jakobus und Johannes, die Söhne des Zebedäus, Simons Gesellen. Und Jesus sprach zu Simon: Fürchte dich nicht; denn von nun an wirst du Menschen fangen. Und sie führten die Schiffe zu Land und verließen alles und folgten ihm nach.

Lk 5,1-11

Wunder der Apostel

»... und gab ihnen Macht über
die unsauberen Geister.«
Heilungen, Erweckungen und Exorzismen

Petrus heilt einen Gelähmten im Tempel

Petrus aber und Johannes gingen miteinander hinauf in den Tempel um die neunte Stunde, da man zu beten pflegt. Und es war ein Mann, lahm von Mutterleib an, der ließ sich tragen; und sie setzten ihn täglich vor des Tempels Tür, die da heißt »die Schöne«, dass er bettelte das Almosen von denen, die in den Tempel gingen. Da er nun Petrus und Johannes sah, dass sie wollten zum Tempel hineingehen, bat er um ein Almosen. Petrus aber sah ihn an mit Johannes und sprach: Sieh uns an! Und er sah sie an, wartete, dass er etwas von ihnen empfinge. Petrus aber sprach: Gold und Silber habe ich nicht; was ich aber habe, das gebe ich dir: Im Namen Jesu Christi von Nazareth steh auf und wandle! Und griff ihn bei der rechten Hand und richtete ihn auf. Sogleich standen seine Schenkel und Knöchel fest; sprang auf, konnte gehen und stehen und ging mit ihnen in den Tempel, wandelte und sprang und lobte Gott. Und es sah ihn alles Volk wandeln und Gott loben. Sie kannten ihn auch, dass er es war, der um Almosen gesessen hatte vor der schönen Tür des Tempels; und sie wurden voll Wunderns und Entsetzens über das, was ihm widerfahren war. Als aber dieser Lahme, der nun gesund war, sich zu Petrus und Johannes hielt, lief alles Volk zu ihnen in die Halle, die da heißt Salomos, und wunderten sich.

Apg 3,1

Ananias heilt Paulus

Es war aber ein Jünger zu Damaskus mit Namen Ananias; zu dem sprach der Herr im Gesicht: Ananias! Und er sprach: Hier bin ich, Herr. Der Herr sprach zu ihm: Steh auf und geh in die Gasse, die da heißt »die Gerade«, und frag im Haus des Judas nach einem namens Saul von Tarsus; denn siehe, er betet und hat gesehen im Gesicht einen Mann mit Namen Ananias zu ihm hineinkommen und die Hand auf ihn legen, dass er wieder sehend werde.

Ananias aber antwortete: Herr, ich habe von vielen gehört von diesem Mann, wie viel Übles er deinen Heiligen getan hat zu Jerusalem; und er hat hier Macht von den Hohepriestern, zu binden alle, die deinen Namen anrufen. Der Herr sprach zu ihm: Geh hin; denn dieser ist mir ein auserwähltes Rüstzeug, dass er meinen Namen trage vor den Heiden und vor den Königen und vor den Kindern von Israel. Ich will ihm zeigen, wie viel er leiden muss um meines Namens willen. Und Ananias ging hin und kam in das Haus und legte die Hände auf ihn und sprach: Lieber Bruder Saul, der Herr hat mich gesandt (der dir erschienen ist auf dem

Weg, da du herkamst), dass du wieder sehend und mit dem heiligen Geist erfüllt werdest. Und sogleich fiel es von seinen Augen wie Schuppen, und er wurde wieder sehend und stand auf, ließ sich taufen und nahm Speise zu sich und stärkte sich. Saulus aber war eine Zeitlang bei den Jüngern zu Damaskus.

Apg 9,10-19

Petrus heilt den gelähmten Äneas

Es geschah aber, da Petrus durchzog allenthalben, dass er auch zu den Heiligen kam, die zu Lydda wohnten. Da fand er einen Mann mit Namen Äneas, acht Jahre lang auf dem Bett gelegen, der war gichtbrüchig. Und Petrus sprach zu ihm: Äneas, Jesus Christus macht dich gesund; steh auf und mach dir dein Bett selbst! Und sogleich stand er auf. Und es sahen ihn alle, die zu Lydda und in Saron wohnten; die bekehrten sich zu dem Herrn.

Apg 9,32-35

Paulus heilt einen Gelähmten in Lystra

Und es war ein Mann zu Lystra, der musste sitzen; denn er hatte schwache Füße und war lahm von Mutterleib an, der noch nie gewandelt hatte. Der hörte Paulus reden. Und als dieser ihn ansah und merkte, dass er glaubte, ihm möchte geholfen werden, sprach er mit lauter Stimme: Steh aufrecht auf deinen Füßen! Und er sprang auf und wandelte. Da aber das Volk sah, was Paulus getan hatte, hoben sie ihre Stimme auf und sprachen auf Lykaonisch: Die Götter sind den Menschen gleich geworden und zu uns herniedergekommen. Und nannten Barnabas Jupiter und Paulus Merkurius, dieweil er das Wort führte.

Apg 14,8-12

Paulus heilt den fieberkranken Publius

An diesen Orten aber hatte der Oberste der Insel, mit Namen Publius, ein Vorwerk; der nahm uns auf und beherbergte uns drei Tage freundlich. Es geschah aber, dass der Vater des Publius am Fieber und an der Ruhr lag. Zu dem ging Paulus hin und betete und legte die Hand auf ihn und machte ihn gesund. Da das geschah, kamen auch die anderen auf der Insel herzu, die Krankheiten hatten, und ließen sich gesund machen.

Apg 28,7-9

Petrus erweckt Tabea

Zu Joppe aber war eine Jüngerin mit Namen Tabea (welches übersetzt heißt: Reh), die war voll guter Werke und Almosen, die sie tat. Es begab sich aber zu der Zeit, dass sie krank wurde und starb. Da wuschen sie dieselbe und legten sie auf den Söller. Nun aber Lydda nahe bei Joppe ist, da die Jünger hörten, dass Petrus daselbst war, sandten sie zwei Männer zu ihm und ermahnten ihn, dass er es sich nicht ließe verdrießen, zu ihnen zu kommen. Petrus aber stand auf und kam mit ihnen. Und als er hingekommen war, führten sie ihn hinauf auf den Söller, und traten um ihn alle Witwen, weinten und zeigten ihm die Röcke und Kleider, welche das Reh gemacht hatte, als sie noch bei ihnen war. Und da Petrus sie alle hinausgetrieben hatte, kniete er nieder, betete und wandte sich zu dem Leichnam und sprach: Tabea, steh auf! Und sie tat ihre Augen auf; und da sie Petrus sah, setzte sie sich wieder. Er aber gab ihr die Hand und richtete sie auf und rief die Heiligen und die Witwen und stellte sie lebendig dar. Und es wurde kund durch ganz Joppe, und viele wurden gläubig an den Herrn.

Apg 9,36-42

Paulus erweckt Eutychus

Am ersten Tag der Woche aber, da die Jünger zusammenkamen, das Brot zu brechen, predigte ihnen Paulus und wollte des andern Tags weiterreisen und zog die Rede hin bis zu Mitternacht. Und es waren viel Lampen auf dem Söller, da sie versammelt waren. Es saß aber ein Jüngling mit Namen Eutychus in einem Fenster und sank in tiefen Schlaf, während Paulus so lange redete, und wurde vom Schlaf überwältigt und fiel hinunter vom dritten Söller und wurde tot aufgehoben. Paulus aber ging hinab und legte sich auf ihn, umfing ihn und sprach: Macht kein Getümmel; denn seine Seele ist in ihm. Da ging er hinauf und brach das Brot und aß und redete viel mit ihnen, bis der Tag anbrach; und also zog er aus. Sie brachten aber den Knaben lebendig und wurden nicht wenig getröstet.

Apg 20,7-12

Paulus treibt in Philippi einen bösen Geist aus

Es geschah aber, da wir zu dem Gebet gingen, dass eine Magd uns begegnete, die hatte einen Wahrsagergeist und trug ihren Herren viel Gewinnst zu mit Wahrsagen. Die folgte allenthalben Paulus und uns nach, schrie und sprach: Diese Menschen sind die Knechte Gottes des Allerhöchsten, die euch den Weg der Seligkeit verkündigen. Solches tat sie manchen Tag. Paulus aber tat das weh, und er wandte sich um und sprach zu dem Geist: Ich gebiete dir in dem Namen Jesu Christi, dass du von ihr ausfahren sollst. Und er fuhr aus zu derselben Stunde.

Apg 16,16-18

Die misslungene Austreibung durch die Söhne des Skevas

Es unterwanden sich aber etliche der umherziehenden Juden, die da Beschwörer waren, den Namen des Herrn Jesus zu nennen über jene, die da böse Geister hatten, und sprachen: Wir beschwören euch bei dem Jesus, den Paulus predigt. Es waren aber sieben Söhne eines Juden Skevas, des Hohepriesters, die solches taten. Aber der böse Geist antwortete und sprach: Jesus kenne ich wohl, und von Paulus weiß ich wohl; wer seid ihr aber? Und der Mensch, in dem der böse Geist war, sprang auf sie und wurde ihrer mächtig und warf sie unter sich, sodass sie nackt und verwundet aus demselben Haus entflohen. Das aber wurde allen kund, die zu Ephesus wohnten, sowohl Juden als Griechen; und es fiel eine Furcht über sie alle, und der Name des Herrn Jesus wurde hochgelobt.

Apg 19,13-17

»So fürchtet euch denn nicht vor ihnen.«
Befreiungswunder

Der Engel des Herrn befreit die Apostel

Es stand aber auf der Hohepriester und alle, die mit ihm waren, welches ist die Sekte der Sadduzäer, und wurden voll Eifers und legten die Hände an die Apostel und warfen sie in das gemeine Gefängnis. Aber der Engel des Herrn tat in der Nacht die Türen des Gefängnisses auf und führte sie heraus und sprach: Geht hin und tretet auf und redet im Tempel zum Volk alle Worte dieses Lebens. Da sie das gehört hatten, gingen sie früh in den Tempel und lehrten. Der Hohepriester aber kam und die mit ihm waren und riefen zusammen den Rat und alle Ältesten der Kinder Israels und sandten hin zum Gefängnis, sie zu holen. Die Diener aber kamen hin und fanden sie nicht im Gefängnis, kamen wieder und verkündigten und sprachen: Das Gefängnis fanden wir verschlossen mit allem Fleiß und die Hüter außen stehen vor den Türen; aber da wir auftaten, fanden wir niemanden darin. Da diese Rede hörten der Hohepriester und der Hauptmann des Tempels und andere Hohepriester, wurden sie darüber betreten, was doch das werden wollte. Da kam einer, der verkündigte ihnen: Siehe, die Männer, die ihr ins Gefängnis geworfen habt, sind im Tempel, stehen und lehren das Volk.

Apg 5,17-25

Der Engel des Herrn befreit Petrus

Um diese Zeit legte der König Herodes die Hände an etliche von der Gemeinde, sie zu peinigen. Er tötete aber Jakobus, den Bruder des Johannes, mit dem Schwert. Und da er sah, dass es den Juden gefiel, fuhr er fort und fing Petrus auch. Es waren aber eben die Tage der süßen Brote.

Da er ihn nun griff, legte er ihn ins Gefängnis und überantwortete ihn vier Rotten, je von vier Kriegsknechten, ihn zu bewahren, und gedachte, ihn nach Ostern dem Volk vorzustellen. Und Petrus wurde zwar im Gefängnis gehalten; aber die Gemeinde betete ohne Aufhören für ihn zu Gott. Und da ihn Herodes wollte vorstellen, in derselben Nacht schlief Petrus zwischen zwei Kriegsknechten, gebunden mit zwei Ketten, und die Hüter vor der Tür hüteten das Gefängnis. Und siehe, der Engel des Herrn kam daher, und ein Licht schien in dem Gemach; und er schlug Petrus an die Seite und weckte ihn und sprach: Steh behände auf! Und die Ketten fielen ihm von seinen Händen. Und der Engel sprach zu ihm: Gürte dich und tu deine Schuhe an! Und er tat also. Und er sprach zu ihm: Wirf deinen Mantel um dich und folge mir nach! Und er ging hinaus und folgte ihm und wusste nicht, dass ihm wahrhaftig solches geschähe durch den Engel; sondern es deuchte ihn, er sähe ein Gesicht. Sie gingen aber durch die erste und andere Hut und kamen zu der eisernen Tür, welche zur Stadt führt; die tat sich ihnen von selber auf. Und sie traten hinaus und gingen hin eine Gasse lang; und sogleich schied der Engel von ihm. Und da Petrus zu sich selber kam, sprach er: Nun weiß ich wahrhaftig, dass der Herr seinen Engel gesandt hat und mich errettet aus der Hand des Herodes und von allen Warten des jüdischen Volkes.

Apg 12,1-11

Gott befreit Paulus und Silas

Und da sie sie wohl öffentlich ausgepeitscht hatten, warfen sie sie ins Gefängnis und geboten dem Kerkermeister, dass er sie wohl verwahrte. Der, da er solches Gebot empfangen hatte, warf sie in das innerste Gefängnis und legte ihre Füße in den Stock. Um Mitternacht aber beteten Paulus und Silas und lobten Gott. Und es hörten sie die Gefangenen. Schnell aber wurde ein großes Erdbeben, sodass sich bewegten die Grundfesten des Gefängnisses. Und von Stund an wurden alle Türen aufgetan und aller Bande los. Als aber der Kerkermeister aus dem Schlaf fuhr und sah die Türen des Gefängnisses aufgetan, zog er das Schwert aus und wollte sich selbst erwürgen; denn er meinte, die Gefangenen wären entflohen. Paulus rief aber laut und sprach: Tu dir nichts Übles; denn wir sind alle hier! Er forderte aber ein Licht und sprang hinein und wurde zitternd und fiel Paulus und Silas zu den Füßen und führte sie heraus und sprach: Liebe Herren, was soll ich tun, dass ich selig werde? Sie sprachen: Glaube an den Herrn Jesus Christus, so wirst du und dein Haus selig! Und sie sagten ihm das Wort des Herrn und allen, die in seinem Haus waren. Und er nahm sie zu sich in derselben Stunde der Nacht und wusch ihnen die Striemen ab; und er ließ sich taufen und alle die Seinen. Und führte sie in sein Haus und setzte ihnen einen Tisch und freute sich mit seinem ganzen Haus, dass er an Gott gläubig geworden war.

Apg 16,23-34

Gleichnisse Jesu

»Wem wollen wir das Reich Gottes vergleichen?«
Vom Himmelreich

Das Fischnetz

Abermals ist das Himmelreich gleich einem Netz, das ins Meer geworfen ist, womit man allerlei Gattung fängt. Wenn es aber voll ist, so ziehen sie es heraus an das Ufer, sitzen und lesen die Guten in ein Gefäß zusammen; aber die Faulen werfen sie weg.

Mt 13,47-48

Die Perle

Abermals ist das Himmelreich gleich einem Kaufmann, der gute Perlen suchte. Und da er eine kostbare Perle fand, ging er hin und verkaufte alles, was er hatte, und kaufte sie.

Mt 13,45-46

Der Sauerteig

Ein anderes Gleichnis redete er zu ihnen: Das Himmelreich ist gleich einem Sauerteig, den eine Frau nahm und unter drei Scheffel Mehl vermengte, bis es ganz durchsäuert war.

Mt 13,33 (Parallelstelle: Lk 13,20f.)

Der Schatz im Acker

Abermals ist das Himmelreich gleich einem verborgenen Schatz im Acker, welchen ein Mensch fand und ihn verbarg und ging hin vor Freuden über denselben und verkaufte alles, was er hatte, und kaufte den Acker.

Mt 13,44

Von der selbstständig wachsenden Saat

Und er sprach: Das Reich Gottes ist so, wie wenn ein Mensch Samen aufs Land wirft und schläft und steht auf Nacht und Tag; und der Same geht auf und wächst, dass er es nicht weiß. Denn die Erde bringt von selbst zuerst das Gras, danach die Ähren, danach den vollen Weizen in den Ähren. Wenn sie aber die Frucht gebracht hat, so schickt er bald die Sichel hin; denn die Ernte ist da.

Mk 4,26-29

Vom Senfkorn

Und er sprach: Wem wollen wir das Reich Gottes vergleichen, und durch welches Gleichnis wollen wir es vorbilden? Gleichwie ein Senfkorn, wenn das gesät wird aufs Land, so ist es das kleinste unter allen Samen auf Erden; und wenn es gesät ist, so nimmt es zu und wird größer als alle Kohlkräuter und gewinnt große Zweige, sodass die Vögel unter dem Himmel unter seinem Schatten wohnen können.

Mk 4,30-32 (Parallelstellen: Mt 13,31 f.; Lk 13,18 f.)

Unkraut und Weizen

Er legte ihnen ein anderes Gleichnis vor und sprach: Das Himmelreich ist gleich einem Menschen, der guten Samen auf seinen Acker säte. Da aber die Leute schliefen, kam sein Feind und säte Unkraut zwischen den Weizen und ging davon. Da nun das Kraut wuchs und Frucht brachte, da fand sich auch das Unkraut. Da traten die Knechte zu dem Hausvater und sprachen: Herr, hast du nicht guten Samen auf deinen Acker gesät? Woher hat er denn das Unkraut? Er sprach zu ihnen: Das hat der Feind getan. Da sagten die Knechte: Willst du, dass wir hingehen und es ausjäten? Er sprach: Nein! Auf dass ihr nicht zugleich den Weizen mit ausrauft, so ihr das Unkraut ausjätet. Lasst beides miteinander wachsen bis zur Ernte; und um der Ernte Zeit will ich zu den Schnittern sagen: Sammelt zuvor das Unkraut und bindet es in Bündlein, dass man es verbrenne; aber den Weizen sammelt mir in meine Scheuer.

Mt 13,24-30

Das grosse Hochzeitsmahl

Das Himmelreich ist gleich einem König, der seinem Sohn Hochzeit machte. Und sandte seine Knechte aus, dass sie die Gäste zur Hochzeit riefen; und sie wollten nicht kommen. Abermals sandte er andere Knechte aus und sprach: Sagt den Gästen: Siehe, meine Mahlzeit habe ich bereitet, meine Ochsen und mein Mastvieh ist geschlachtet und alles ist bereit; kommt zur Hochzeit! Aber sie verachteten das und gingen hin, einer auf seinen Acker, der andere zu seiner Hantierung; etliche griffen seine Knechte, verhöhnten sie und töteten sie. Als das der König hörte, wurde er zornig und schickte seine Heere aus und brachte diese Mörder um und zündete ihre Stadt an. Da sprach er zu seinen Knechten: Die Hochzeit ist zwar bereit, aber die Gäste waren es nicht wert. Darum geht hin auf die Straßen und ladet zur Hochzeit, wen ihr findet. Und die Knechte gingen aus auf die Straßen und brachten zusammen, wen sie fanden, Böse und Gute; und die Tische wurden alle voll.

Mt 22,2-10 (Parallelstelle: Lk 14,12-24)

Der grünende Feigenbaum

Und er sagte ihnen ein Gleichnis: Seht an den Feigenbaum und alle Bäume: Wenn sie jetzt ausschlagen, so seht ihr es ihnen an und merkt, dass jetzt der Sommer nah ist. Also auch ihr: Wenn ihr dies alles seht angehen, so wisst, dass das Reich Gottes nah ist.

Lk 21,29-32 (Parallelstellen: Mk 13,28 f.; Mt 24,32 f.)

Von den Kindern

Wahrlich, ich sage euch: Wer das Reich Gottes nicht empfängt wie ein Kindlein, der wird nicht hineinkommen. Und er herzte sie und legte die Hände auf sie und segnete sie.

Mk 10,15-16 (Parallelstellen: Mt 18,3; Lk 18,17)

Die Zeichen der Zeit

Aber er antwortete und sprach: Des Abends sprecht ihr: Es wird ein schöner Tag werden, denn der Himmel ist rot; und des Morgens sprecht ihr: Es wird heute Ungewitter sein, denn der Himmel ist rot und trübe. Ihr Heuchler! Über des Himmels Gestalt könnt ihr urteilen; könnt ihr denn nicht auch über die Zeichen dieser Zeit urteilen?

Mt 16,2-3 (Parallelstelle: Lk 12,51-56)

»Er war verloren und ist wieder gefunden.«
Von der Vergebung

Der verlorene Sohn

Und er sprach: Ein Mensch hatte zwei Söhne. Und der jüngste unter ihnen sprach zum Vater: Gib mir, Vater, das Teil der Güter, das mir gehört. Und er teilte ihnen das Gut.

Und nicht lange danach sammelte der jüngste Sohn alles zusammen und zog ferne über Land; und er brachte sich um sein Gut mit Prassen. Da er nun all das Seine verzehrt hatte, wurde eine große Teuerung durch dasselbe ganze Land, und er fing an zu darben. Und ging hin und hängte sich an einen Bürger des Landes; der schickte ihn auf seinen Acker, die Säue zu hüten. Und er begehrte seinen Bauch zu füllen mit Trebern*, die die Säue aßen; und niemand gab sie ihm. Da schlug er in sich und sprach: Wie viele Tagelöhner hat mein

* Rückstände beim Keltern oder Bierbrauen.

Vater, die Brot in Fülle haben, und ich verderbe im Hunger! Ich will mich aufmachen und zu meinem Vater gehen und zu ihm sagen: Vater, ich habe gesündigt gegen den Himmel und vor dir und bin künftig nicht mehr wert, dass ich dein Sohn heiße; mach mich zu einem deiner Tagelöhner! Und er machte sich auf und kam zu seinem Vater. Da er aber noch fern war, sah ihn sein Vater und hatte Mitleid und lief und fiel ihm um seinen Hals und küsste ihn. Der Sohn aber sprach zu ihm: Vater, ich habe gesündigt gegen den Himmel und vor dir; ich bin nicht mehr wert, dass ich dein Sohn heiße. Aber der Vater sprach zu seinen Knechten: Bringt das beste Kleid hervor und tut es ihm an, und gebt ihm einen Fingerreif an seine Hand und Schuhe an seine Füße, und bringt ein gemästetes Kalb her und schlachtet es; lasst uns essen und fröhlich sein! Denn dieser mein Sohn war tot und ist wieder lebendig geworden; er war verloren und ist gefunden worden. Und sie fingen an, fröhlich zu sein. Aber der älteste Sohn war auf dem Feld. Und als er nahe zum Haus kam, hörte er das Gesänge und den Reigen; und er rief zu sich einen der Knechte und fragte, was das wäre. Der aber sagte ihm: Dein Bruder ist gekommen, und dein Vater hat ein gemästetes Kalb geschlachtet, weil er ihn gesund wieder hat. Da wurde er zornig und wollte nicht hineingehen. Da ging sein Vater heraus und bat ihn. Er aber antwortete und sprach zum Vater: Siehe, so viele Jahre diene ich dir und habe dein Gebot noch nie übertreten; und du hast mir nie einen Bock gegeben, dass ich mit meinen Freunden fröhlich wäre. Als aber dieser dein Sohn gekommen ist, der sein Gut mit Huren verschlungen hat, hast du ihm ein gemästetes Kalb geschlachtet. Er aber sprach zu ihm: Mein Sohn, du bist allezeit bei mir, und alles, was mein ist, das ist dein. Du solltest aber fröhlich und gutes Muts sein; denn dieser dein Bruder war tot und ist wieder lebendig geworden; er war verloren und ist wieder gefunden.

Lk 15,11-32

Das verlorene Schaf

Was denkt ihr? Wenn irgendein Mensch hundert Schafe hätte und eins unter ihnen sich verirrte: Lässt er nicht die neunundneunzig auf den Bergen, geht hin und sucht das verirrte? Und wenn es sich begibt, dass er es findet, wahrlich, ich sage euch, er freut sich darüber mehr als über die neunundneunzig, die nicht verirrt sind. So ist es auch nicht der Wille eures Vaters im Himmel, dass jemand von diesen Kleinen verloren werde.

Mt 18,12-14 (Parallelstelle: Lk 15,1-7)

Der verlorene Groschen

Oder welche Frau gibt es, die zehn Groschen hat, wenn sie einen verliert, die nicht ein Licht anzünde und kehre das Haus und suche mit Fleiß, bis dass sie ihn finde? Und wenn sie ihn gefunden hat, ruft sie ihre Freundinnen und Nachbarinnen und spricht: Freut euch mit mir; denn ich habe meinen Groschen gefunden, den ich verloren hatte. Also auch, sage ich euch, wird Freude sein vor den Engeln Gottes über einen Sünder, der Buße tut.

Lk 15,8-10

Der unbarmherzige Knecht

Darum ist das Himmelreich gleich einem König, der mit seinen Knechten abrechnen wollte. Und als er anfing zu rechnen, kam ihm einer vor, der war ihm zehntausend Pfund schuldig. Da er es nun nicht hatte, zu bezahlen, hieß der Herr ihn verkaufen und seine Frau und seine Kinder und alles, was er hatte, und bezahlen. Da fiel der Knecht nieder und betete ihn an und sprach: Herr, habe Geduld mit mir, ich will es dir alles bezahlen. Da bemitleidete der Herrn den Knecht, und er ließ ihn los, und die Schuld erließ er ihm auch. Da ging derselbe Knecht hinaus und fand einen seiner Mitknechte, der war ihm hundert Groschen schuldig; und er griff ihn an und würgte ihn und sprach: Bezahl mir, was du mir schuldig bist! Da fiel sein Mitknecht nieder und bat ihn und sprach: Hab Geduld mit mir; ich will es dir alles bezahlen. Er wollte aber nicht, sondern ging hin und warf ihn ins Gefängnis, bis dass er bezahlte, was er schuldig war. Da aber seine Mitknechte solches sahen, wurden sie sehr betrübt und kamen und brachten vor ihren Herrn alles, was sich begeben hatte. Da forderte ihn sein Herr vor sich und sprach zu ihm: Du Schalksknecht, alle diese Schuld habe ich dir erlassen, als du mich darum gebeten hast; solltest du denn dich nicht auch erbarmen über deinen Mitknecht, wie ich mich über dich erbarmt habe? Und sein Herr wurde sehr zornig und überantwortete ihn den Peinigern, bis er alles bezahlte, was er ihm schuldig war. Also wird euch mein himmlischer Vater auch tun, so ihr nicht vergebt von eurem Herzen, ein jeglicher seinem Bruder seine Fehler.

Mt 18,23-34

Der Arzt

Da das Jesus hörte, sprach er zu ihnen: Die Starken bedürfen keines Arztes, sondern die Kranken. Ich bin gekommen, zu rufen die Sünder zur Buße, und nicht die Gerechten.

Mk 2,17 (Parallelstellen: Mt 9,12 f.; Lk 5,31 f.)

»Ihr könnt nicht Gott dienen und dem Mammon.« Von Reichtum und Barmherzigkeit

Der barmherzige Samariter

Da antwortete Jesus und sprach: Es war ein Mensch, der ging von Jerusalem hinab gen Jericho und fiel unter die Mörder; die zogen ihn aus und schlugen ihn und gingen davon und ließen ihn halb tot liegen. Es begab sich aber ungefähr, dass ein Priester dieselbe Straße hinabzog; und da er ihn sah, ging er vorüber. Desgleichen auch ein Levit; da er zu der Stätte kam und sah ihn, ging er vorüber. Ein Samariter aber reiste und kam dahin; und da er ihn sah, hatte er Mitleid, ging zu ihm, verband ihm seine Wunden und goss hinein Öl und Wein und hob ihn auf sein Tier und führte ihn in die Herberge und pflegte ihn. Am anderen Tag reiste er und zog heraus zwei Groschen und gab sie dem Wirt und sprach zu ihm: Pflege ihn; und so du was mehr wirst dartun, will ich es dir bezahlen, wenn ich wiederkomme. Welcher scheint dir, der unter diesen Dreien der Nächste dem gewesen sei, der unter die Mörder gefallen war? Er sprach: Der die Barmherzigkeit an ihn tat.

Da sprach Jesus zu ihm: So geh hin und tu desgleichen!

Lk 10,30-37

Der reiche Kornbauer

Und er sagte ihnen ein Gleichnis und sprach: Es war ein reicher Mensch, des Feld hatte wohl getragen. Und er gedachte bei sich selbst und sprach: Was soll ich tun? Ich habe nichts, wo ich meine Früchte hin sammle. Und sprach: Das will ich tun: Ich will meine Scheunen abbrechen und größere bauen und will darin alles sammeln, was mir gewachsen ist, und meine Güter; und will sagen zu meiner Seele: Liebe Seele, du hast einen großen Vorrat auf viele Jahre; habe nun Ruhe, iss, trink und habe guten Mut! Aber Gott sprach zu ihm: Du Narr! Diese Nacht wird man deine Seele von dir fordern; und wem wird dann gehören, was du bereitet hast? So geht es dem, der sich Schätze sammelt und ist nicht reich in Gott.

Lk 12,16-21

Vom reichen Mann und armen Lazarus

Es war aber ein reicher Mann, der kleidete sich mit Purpur und köstlicher Leinwand und lebte alle Tage herrlich und in Freuden. Es war aber ein armer Mann mit Namen Lazarus, der lag vor seiner Tür voller Schwären und begehrte sich zu sättigen von den Brosamen, die von des Reichen Tisch fielen; doch kamen die Hunde und leckten ihm seine Schwären. Es begab sich aber, dass der Arme starb und er wurde getragen von den Engeln in Abrahams Schoß. Der Reiche aber starb auch und wurde begraben. Als er nun in der Hölle und in der Qual war, hob er seine Augen auf und sah Abraham von ferne und Lazarus in seinem Schoß. Und er rief und sprach: Vater Abraham, erbarme dich mein und sende Lazarus, dass er die Spitze seines Fingers ins Wasser tauche und kühle meine Zunge; denn ich leide Pein in dieser Flamme. Abraham aber sprach: Gedenke, Sohn, dass du dein Gutes empfangen hast in deinem Leben, und Lazarus dagegen hat Böses empfangen; nun aber wird er getröstet, und du wirst gepeinigt. Und über das alles ist zwischen uns und euch eine große Kluft befestigt, sodass die, welche wollten von hinnen hinabfahren zu euch, nicht könnten, und auch nicht von dannen zu uns herüberfahren. Da sprach er: So bitte ich dich, Vater, dass du ihn sendest in meines Vaters Haus; denn ich habe noch fünf Brüder, dass er ihnen bezeuge, auf dass sie nicht auch an diesen Ort der Qual kommen. Abraham sprach zu ihm: Sie haben Mose und die Propheten; lass sie dieselben hören. Er aber sprach: Nein, Vater Abraham! Sondern wenn einer von den Toten zu ihnen ginge, so würden sie Buße tun. Er sprach zu ihm: Hören sie Mose und die Propheten nicht, so werden sie auch nicht glauben, wenn jemand von den Toten aufstünde.

Lk 16,19-31

Kamel und Nadelöhr

Die Jünger aber entsetzten sich über seine Rede. Aber Jesus antwortete wiederum und sprach zu ihnen: Liebe Kinder, wie schwer ist es, dass die, welche ihr Vertrauen auf Reichtum setzen, ins Reich Gottes kommen! Es ist leichter, dass ein Kamel durch ein Nadelöhr gehe, denn dass ein Reicher ins Reich Gottes komme.

Mk 10,24-25 (Parallelstellen: Mt 19,23 f.; Lk 18,24f)

Vom Doppeldienst

Niemand kann zwei Herren dienen: Entweder er wird den einen hassen und den andern lieben, oder er wird dem einen anhangen und den andern verachten. Ihr könnt nicht Gott dienen und dem Mammon.

Mt 6,24 (Parallelstelle: Lk 16,13)

Der Gläubiger und seine zwei Schuldner

Es hatte ein Gläubiger zwei Schuldner. Einer war schuldig fünfhundert Groschen, der andere fünfzig. Da sie aber nichts hatten, um zu bezahlen, schenkte er es beiden. Sag an, welcher unter denen wird ihn am meisten lieben? Simon antwortete und sprach: Ich denke, dem er am meisten geschenkt hat. Er aber sprach zu ihm: Du hast recht gerichtet.

Lk 7,41-43

Sorgt euch nicht

Seht die Vögel unter dem Himmel an: Sie säen nicht, sie ernten nicht, sie sammeln nicht in die Scheunen; und euer himmlischer Vater nährt sie doch. Seid ihr denn nicht viel mehr denn sie? Wer ist aber unter euch, der seiner Länge eine Elle zusetzen möge, ob er gleich darum sorgt? Und warum sorgt ihr für die Kleidung? Schaut die Lilien auf dem Feld, wie sie wachsen: Sie arbeiten nicht, auch spinnen sie nicht. Ich sage euch, dass auch Salomo in aller seiner Herrlichkeit nicht bekleidet gewesen ist wie eine von ihnen. Wenn denn Gott das Gras auf dem Feld so kleidet, das doch heute steht und morgen in den Ofen geworfen wird: Sollte er das nicht viel mehr euch tun, o ihr Kleingläubigen? Darum sollt ihr nicht sorgen und sagen: Was werden wir essen, was werden wir trinken, womit werden wir uns kleiden? Nach solchem allem trachten die Heiden. Denn euer himmlischer Vater weiß, dass ihr des alles bedürft.

Trachtet zuerst nach dem Reich Gottes und nach seiner Gerechtigkeit, so wird euch solches alles zufallen. Darum sorgt nicht für den anderen Morgen; denn der morgige Tag wird für das Seine sorgen. Es ist genug, dass ein jeglicher Tag seine eigene Plage habe.

Mt 6,26-34 (Parallelstelle: Lk 12,24-28)

»Bittet, so wird euch gegeben.«
Vom Beten

Der bittende Freund

Und er sprach zu ihnen: Welcher ist unter euch, der einen Freund hat und ging zu ihm zu Mitternacht und spräche zu ihm: Lieber Freund, leih mir drei Brote; denn es ist mein Freund zu mir gekommen von der Straße, und ich habe nichts, was ich ihm vorlege; und er drinnen würde antworten und sprechen: Mach mir keine Unruhe! Die Tür ist schon zugeschlossen, und meine Kindlein sind bei mir in der Kammer; ich kann nicht aufstehen und dir etwas geben. Ich sage euch: Und wenn er nicht aufsteht und ihm gibt, darum, dass er sein Freund ist, so wird er doch um seines unverschämten Geilens willen aufstehen und ihm geben, wie viel er bedarf. Und ich sage euch auch: Bittet, so wird euch gegeben; sucht, so werdet ihr finden; klopft an, so wird euch aufgetan. Denn wer da bittet, der nimmt; und wer da sucht, der findet; und wer da anklopft, dem wird aufgetan. Wo bittet unter euch ein Sohn den Vater ums Brot, der ihm einen Stein dafür biete? Und, so er um einen Fisch bittet, der ihm eine Schlange für den Fisch biete? Oder, so er um ein Ei bittet, der ihm einen Skorpion dafür biete? Wenn ihr, die ihr arg seid, euren Kindern gute Gaben geben könnt, wie viel mehr wird der Vater im Himmel den heiligen Geist denen geben, die ihn bitten!

Lk 11,5-13

Die bittende Witwe

Er sagte ihnen aber ein Gleichnis davon, dass man allezeit beten und nicht müde werden solle, und sprach: Es war ein Richter in einer Stadt, der fürchtete sich nicht vor Gott und scheute sich vor keinem Menschen. Es war aber eine Witwe in dieser Stadt, die kam zu ihm und sprach: Rette mich von meinem Widersacher! Und er wollte lange nicht. Danach aber dachte er bei sich selbst: Ob ich mich schon vor Gott nicht fürchte noch vor keinem Menschen scheue, weil aber mir diese Witwe so viel Mühe macht, will ich sie retten, auf dass sie nicht zuletzt komme und schlage mich.

Lk 18,2-5

Pharisäer und Zöllner

Er sagte aber zu etlichen, die sich selbst vermaßen, dass sie fromm wären, und verachteten die anderen, ein solches Gleichnis: Es gingen zwei Menschen hinauf in den Tempel, zu beten, einer ein Pharisäer, der andere ein Zöllner. Der Pharisäer stand und betete bei sich selbst so: Ich danke dir, Gott, dass ich nicht bin wie die anderen Leute, Räuber, Ungerechte, Ehebrecher, oder auch wie dieser Zöllner. Ich faste zweimal in der Woche und gebe den Zehnten von allem, was ich habe. Und der Zöllner stand von ferne, wollte auch seine Augen nicht aufheben gen Himmel, sondern schlug an seine Brust und sprach: Gott, sei mir Sünder gnädig! Ich sage euch: Dieser ging hinab gerechtfertigt in sein Haus vor jenem. Denn wer sich selbst erhöht, der wird erniedrigt werden; und wer sich selbst erniedrigt, der wird erhöht werden.

Lk 18,9-14

»Denn ihr wisst weder Tag noch Stunde.«
Von der Wachsamkeit

Die zehn Jungfrauen

Dann wird das Himmelreich gleich sein zehn Jungfrauen, die ihre Lampen nahmen und gingen aus, dem Bräutigam entgegen. Aber fünf unter ihnen waren töricht, und fünf waren klug. Die törichten nahmen Öl in ihren Lampen; aber sie nahmen nicht Öl mit sich. Die klugen aber nahmen Öl in ihren Gefäßen samt ihren Lampen. Da sich nun der Bräutigam verspätete, wurden sie alle schläfrig und schliefen ein. Zur Mitternacht aber war ein Geschrei: Siehe, der Bräutigam kommt; geht ihm entgegen! Da standen diese Jungfrauen alle auf und schmückten ihre Lampen. Die törichten aber sprachen zu den klugen: Gebt uns von eurem Öl, denn unsere Lampen verlöschen. Da antworteten die klugen und sprachen: Nicht also, auf dass nicht uns und euch gebreche; geht aber hin zu den Krämern und kauft für euch selbst. Und da sie hingingen, zu kaufen, kam der

Bräutigam; und die bereit waren, gingen mit ihm hinein zur Hochzeit, und die Tür wurde verschlossen. Zuletzt kamen auch die anderen Jungfrauen und sprachen: Herr, Herr, tu uns auf! Er antwortete aber und sprach: Wahrlich, ich sage euch: Ich kenne euch nicht. Darum wachet; denn ihr wisst weder Tag noch Stunde, in welcher des Menschen Sohn kommen wird.

Mt 25,1-13

Von den wachsamen Knechten

Seht zu, wacht und betet; denn ihr wisst nicht, wann es Zeit ist. Gleich wie ein Mensch, der über Land zog und verließ sein Haus und gab seinem Knecht Macht, einem jeglichen sein Werk, und gebot dem Türhüter, er sollte wachen. So wacht nun (denn ihr wisst nicht, wann der Herr des Hauses kommt, ob er kommt am Abend oder zu Mitternacht oder um den Hahnenschrei oder des Morgens), auf dass er nicht schnell komme und finde euch schlafend.

Was ich aber euch sage, das sage ich allen: Wacht!

Mk 13,33-37 (Parallelstellen: Mt 25,14 f.; Lk 12,35-38)

Vom Dieb

Das sollt ihr aber wissen: Wenn der Hausvater wüsste, welche Stunde der Dieb kommen wollte, so würde er ja wachen und nicht in sein Haus brechen lassen. Darum seid ihr auch bereit; denn des Menschen Sohn wird kommen zu einer Stunde, da ihr es nicht meint.

Mt 24,43-44 (Parallelstelle: Lk 12,39 f.)

»Wir sind unnütze Knechte.«
Von Gehorsam und Demut

Die ungleichen Söhne

Was denkt ihr aber? Es hatte ein Mann zwei Söhne und ging zu dem ersten und sprach: Mein Sohn, geh hin und arbeite heute in meinem Weinberg. Er antwortete aber und sprach: Ich will es nicht tun. Danach reute es ihn und er ging hin. Und er ging zum anderen und sprach genauso. Er antwortete aber und sprach: Herr, ja! – und ging nicht hin.

Welcher unter den zweien hat des Vaters Willen getan? Sie sprachen zu ihm: Der erste. Jesus sprach zu ihnen: Wahrlich, ich sage euch: Die Zöllner und Huren mögen wohl eher ins Himmelreich kommen als ihr.

Mt 21,28-31

Vom treuen und untreuen Haushalter

Der Herr aber sprach: Wie ein großes Ding ist es um einen treuen und klugen Haushalter, welchen der Herr über sein Gesinde setzt, dass er ihnen zur rechten Zeit ihre Gebühr gebe! Selig ist der Knecht, welchen sein Herr findet genau dieses tun, wenn er kommt. Wahrlich, ich sage euch: Er wird ihn über alle seine Güter setzen. So aber der Knecht in seinem Herzen sagen wird: Mein Herr kommt später, und fängt an, die Knechte und Mägde zu schlagen, auch zu essen und zu trinken und sich vollzusaufen: So wird des Knechtes Herr kommen an dem Tag, da er sich's nicht versieht, und zu der Stunde, die er nicht weiß, und wird ihn in Stücke hauen und wird ihm seinen Lohn geben mit den Ungläubigen. Der Knecht aber, der seines Herrn Willen weiß, und hat sich nicht bereitet, auch nicht nach seinem Willen getan, der wird viele Streiche leiden müssen. Der es aber nicht weiß, hat aber getan, was der Streiche wert ist, wird wenig Streiche leiden. Denn welchem viel gegeben ist, bei dem wird man viel suchen; und welchem viel befohlen ist, von dem wird man viel fordern.

Lk 12,42-48 (Parallelstelle: Mt 24,45-51)

Herr und Knecht

Welcher ist unter euch, der einen Knecht hat, der ihm pflügt oder das Vieh weidet, und wenn er heimkommt vom Feld, dass er ihm alsbald sage: Geh hin und setz dich zu Tisch? Ist es nicht so, dass er zu ihm sagt: Richte zu, was ich zum Abend esse, schürz dich und diene mir, bis ich esse und trinke; danach sollst auch du essen und trinken? Dankt er auch dem Knecht, dass er getan hat, was ihm befohlen war? Ich meine es nicht. Also auch ihr; wenn ihr alles getan habt, was euch befohlen ist, so sprecht: Wir sind unnütze Knechte; wir haben getan, was wir zu tun schuldig waren.

Lk 17,7-10

Schüler und Lehrer

Der Jünger ist nicht über seinen Meister noch der Knecht über den Herrn. Es ist dem Jünger genug, dass er sei wie sein Meister und der Knecht wie sein Herr.

Mt.10,24-25 (Parallelstellen: Lk 6,40; Joh 13,16; 15,20)

Splitter und Balken

Was siehst du aber den Splitter in deines Bruders Auge und wirst nicht gewahr des Balkens in deinem Auge? Oder wie darfst du sagen zu deinem Bruder: Halt, ich will dir den Splitter aus deinem Auge ziehen, und sieh, ein Balken ist in deinem Auge? Du Heuchler, zieh zuerst den Balken aus deinem Auge; danach sieh zu, wie du den Splitter aus deines Bruders Auge ziehst!

Mt 7,3-5 (Parallelstelle: Lk 6,41 f.)

Von den Ehrenplätzen bei der Hochzeit

Er sagte aber ein Gleichnis zu den Gästen, da er merkte, wie sie erwählten, obenan zu sitzen, und sprach zu ihnen: Wenn du von jemandem geladen wirst zur Hochzeit, so setz dich nicht obenan, dass nicht etwa ein vornehmerer als du von ihm geladen sei und dann jener komme, der dich und ihn geladen hat, und spreche zu dir: Weiche diesem! Und du müssest dann mit Scham untenan sitzen. Sondern wenn du geladen wirst, so geh hin und setz dich untenan, auf dass, wenn da kommt, der dich geladen hat, er zu dir spreche: Freund, rück hinauf! Dann wirst du Ehre haben vor denen, die mit dir am Tisch sitzen. Denn wer sich selbst erhöht, der soll erniedrigt werden; und wer sich selbst erniedrigt, der soll erhöht werden. Er sprach auch zu dem, der ihn geladen hatte: Wenn du ein Mittags- oder Abendmahl machst, so lade nicht deine Freunde noch deine Brüder noch deine Nachbarn, die reich sind, sodass sie dich nicht etwa wieder laden und dir vergolten werde. Sondern wenn du ein Mahl machst, so lade die Armen, die Krüppel, die Lahmen, die Blinden, so bist du selig; denn sie haben es dir nicht zu vergelten, es wird dir aber vergolten werden in der Auferstehung der Gerechten.

Lk 14,7-14

»An ihren Früchten sollt ihr sie erkennen.«
Von Gerechtigkeit, Lohn und Strafe

Die Arbeiter im Weinberg

Das Himmelreich ist gleich einem Hausvater, der am Morgen ausging, Arbeiter zu mieten in seinen Weinberg. Und da er mit den Arbeitern einig wurde um einen Groschen zum Tagelohn, sandte er sie in seinen Weinberg. Und ging aus um die dritte Stunde und sah andere an dem Markt müßig stehen und sprach zu ihnen: Geht ihr auch hin in den Weinberg; ich will euch geben, was recht ist. Und sie gingen hin. Abermals ging er aus um die sechste und die neunte Stunde und tat es genauso. Um die elfte Stunde aber ging er aus und fand andere müßig stehen und sprach zu ihnen: Was steht ihr hier den ganzen Tag müßig? Sie sprachen zu ihm: Es hat uns niemand gedingt. Er sprach zu ihnen: Geht ihr auch hin in den Weinberg, und was recht sein wird, soll euch werden. Da es nun Abend wurde, sprach der Herr des Weinberges zu seinem Schaffner: Ruf die Arbeiter und gib ihnen den Lohn und heb an den Letzten bis zu den Ersten. Da kamen, die um die elfte Stunde gedingt waren, und es empfing ein jeglicher seinen Groschen. Da aber die ersten kamen, meinten sie, sie würden mehr empfangen; und sie empfingen auch ein jeglicher seinen Groschen. Und da sie den empfingen, murrten sie gegen den Hausvater und sprachen: Diese haben nur eine Stunde gearbeitet, und du hast sie uns gleich gemacht, die wir des Tages Last und die Hitze getragen haben. Er antwortete aber und sagte zu einem unter ihnen: Mein Freund, ich tue dir nicht Unrecht. Bist du nicht mit mir eins geworden für einen Groschen? Nimm, was dein ist, und geh hin! Ich will aber diesem Letzten geben gleich wie dir. Oder habe ich nicht Macht, zu tun, was ich will, mit dem Meinen? Schaust du darum so scheel, dass ich so gütig bin? Also werden die Letzten die Ersten und die Ersten die Letzten sein. Denn viele sind berufen, aber wenige auserwählt.

Mt 20,1-16

Die bösen Weingärtner

Und er fing an, zu ihnen durch Gleichnisse zu reden: Ein Mensch pflanzte einen Weinberg und führte einen Zaun darum und grub eine Kelter und baute einen Turm und überließ ihn den Weingärtnern und zog über Land. Und sandte einen Knecht, als die Zeit kam, zu den Weingärtnern, dass er von den Weingärtnern nähme von der Frucht des Weinbergs. Sie nahmen ihn aber und peitschten ihn aus und ließen ihn mit leeren Händen von sich gehen. Abermals sandte er ihnen einen anderen Knecht; dem zerwarfen sie den Kopf mit Steinen und ließen ihn geschmäht von sich gehen. Abermals sandte er einen anderen: den töteten sie. Und viele andere, etliche peitschten sie aus, etliche töteten sie. Da hatte er noch einen einzigen Sohn, der war ihm lieb; den sandte er zuletzt auch zu ihnen und sprach: Sie werden sich vor meinem Sohn scheuen. Aber die Weingärtner sprachen untereinander: Dies ist der Erbe; kommt, lasst ihn uns töten, so wird das Erbe unser sein! Und sie nahmen ihn und töteten ihn und warfen ihn hinaus vor den Weinberg.

Was wird nun der Herr des Weinbergs tun? Er wird kommen und die Weingärtner umbringen und den Weinberg anderen geben.

Mk 12,1-9 (Parallelstellen: Mt 21,33-46; Lk 20,9-19)

Von den anvertrauten Zentnern*

Gleichwie ein Mensch, der über Land zog, seine Knechte rief und tat ihnen seine Güter aus; und einem gab er fünf Zentner, dem anderen zwei, dem dritten einen, einem jedem nach seinem Vermögen, und zog bald hinweg. Da ging der hin, der fünf Zentner empfangen hatte, und handelte mit ihnen und gewann andere fünf Zentner. Desgleichen, der zwei Zentner empfangen hatte, gewann auch zwei andere. Der aber einen empfangen hatte, ging hin und machte eine Grube in die Erde und verbarg seines Herrn Geld. Nach einer langen Zeit kam der Herr dieser Knechte und hielt Rechenschaft mit ihnen. Da trat der herzu, der fünf Zentner empfangen hatte, und legte andere fünf Zentner dar und sprach: Herr, du hast mir fünf Zentner ausgetan; siehe da, ich habe damit andere fünf Zentner gewonnen. Da sprach sein Herr zu ihm: Ei, du frommer und getreuer Knecht, du bist über Wenigem getreu gewesen, ich will dich über viel setzen; gehe ein zu deines Herrn Freude! Da trat auch herzu, der zwei Zentner

* In anderen Übersetzungen auch: Talente, Pfunde.

erhalten hatte, und sprach: Herr, du hast mir zwei Zentner gegeben; siehe da, ich habe mit ihnen zwei andere gewonnen. Sein Herr sprach zu ihm: Ei du frommer und getreuer Knecht, du bist über Wenigem getreu gewesen, ich will dich über viel setzen; gehe ein zu deines Herrn Freude! Da trat auch herzu, der einen Zentner empfangen hatte, und sprach: Herr, ich wusste, dass du ein harter Mann bist: Du schneidest, wo du nicht gesät hast, und sammelst, wo du nicht gestreut hast; und fürchtete mich, ging hin und verbarg deinen Zentner in die Erde. Siehe, da hast du das Deine. Sein Herr aber antwortete und sprach zu ihm: Du Schalk und fauler Knecht! Wusstest du, dass ich schneide, da ich nicht gesät habe, und sammle, da ich nicht gestreut habe? So solltest du mein Geld zu den Wechslern getan haben, und wenn ich gekommen wäre, hätte ich das Meine zu mir genommen mit Zinsen. Darum nehmt von ihm den Zentner und gebt es dem, der zehn Zentner hat. Denn wer da hat, dem wird gegeben werden, und er wird die Fülle haben; wer aber nicht hat, dem wird auch, was er hat, genommen werden. Und den unnützen Knecht werft hinaus in die Finsternis; da wird sein Heulen und Zähneklappern.

Mt 25,14-30

Vom Gast ohne festliches Kleid

Da ging der König hinein, die Gäste zu besehen, und sah allda einen Menschen, der hatte kein hochzeitlich Kleid an; und er sprach zu ihm: Freund, wie bist du hereingekommen und hast doch kein hochzeitliches Kleid an? Er aber verstummte. Da sprach der König zu seinen Dienern: Bindet ihm Hände und Füße und werft ihn in die Finsternis hinaus! Da wird sein Heulen und Zähneklappern. Denn viele sind berufen, aber wenige sind auserwählt.

Mt 22,11-13

Vom Ausreissen der Pflanze

Aber er antwortete und sprach: Alle Pflanzen, die mein himmlischer Vater nicht pflanzte, die werden ausgereutet.

Mt 15,13

Der Baum und seine Früchte

An ihren Früchten sollt ihr sie erkennen. Kann man auch Trauben lesen von den Dornen oder Feigen von den Disteln? Also ein jeglicher guter Baum bringt gute Früchte; aber ein fauler Baum bringt arge Früchte. Ein guter Baum kann nicht arge Früchte bringen, und ein fauler Baum kann nicht gute Früchte bringen. Ein jeglicher Baum, der nicht gute Früchte bringt, wird abgehauen und ins Feuer geworfen. Darum an ihren Früchten sollt ihr sie erkennen.

Mt 7,16-20 (Parallelstelle: Lk 6,43-45)

Der unfruchtbare Feigenbaum

Er sagte ihnen aber dieses Gleichnis: Es hatte einer einen Feigenbaum, der war gepflanzt in seinem Weinberg; und er kam und suchte Frucht darauf und fand sie nicht. Da sprach er zu dem Weingärtner: Siehe, ich bin nun drei Jahre lang alle Jahre gekommen und habe Frucht gesucht auf diesem Feigenbaum und finde sie nicht. Hau ihn ab! Was hindert er das Land? Er aber antwortete und sprach zu ihm: Herr, lass ihn noch dieses Jahr, bis dass ich um ihn grabe und ihn dünge, ob er Frucht bringen wolle, wenn nicht, so hau ihn danach ab.

Lk 13,6-9

Das Weltgericht

Wenn aber des Menschen Sohn kommen wird in seiner Herrlichkeit und alle heiligen Engel mit ihm, dann wird er sitzen auf dem Stuhl seiner Herrlichkeit, und vor ihm werden alle Völker versammelt werden. Und er wird sie voneinander scheiden, so wie ein Hirte die Schafe von den Böcken scheidet, und wird die Schafe zu seiner Rechten stellen und die Böcke zu seiner Linken. Da wird dann der König sagen zu denen zu seiner Rechten: Kommt her, ihr Gesegneten meines Vaters, ererbt das Reich, das euch bereitet ist von Anbeginn der Welt! Denn ich bin hungrig gewesen, und ihr habt mich gespeist. Ich bin durstig gewesen, und ihr habt mich getränkt. Ich bin Gast gewesen, und ihr habt mich beherbergt. Ich bin nackt gewesen und ihr habt mich bekleidet. Ich bin krank gewesen, und ihr habt mich besucht. Ich bin gefangen gewesen, und ihr seid zu mir gekommen. Dann werden ihm die Gerechten antworten und sagen: Wann haben wir dich hungrig gesehen und haben dich gespeist? Oder durstig und haben dich getränkt? Wann haben wir dich als einen Gast gesehen und beherbergt? Oder nackt und dich bekleidet? Wann haben wir dich krank oder gefangen gesehen und sind zu dir gekommen? Und der König wird antworten und sagen zu ihnen: Wahrlich, ich sage euch: Was ihr getan habt einem unter diesen meinen geringsten Brüdern, das habt ihr mir getan. Dann wird er auch sagen zu denen zur Linken: Gehet hin von mir, ihr Verfluchten, in das ewige Feuer, das bereitet ist dem Teufel und seinen Engeln! Ich bin hungrig gewesen, und ihr habt mich nicht gespeist. Ich bin durstig gewesen, und ihr habt mich nicht getränkt. Ich bin ein Gast gewesen, und ihr habt mich nicht beherbergt. Ich bin nackt gewesen, und ihr habt mich nicht bekleidet. Ich bin krank und gefangen gewesen, und ihr habt mich nicht besucht. Da werden sie ihm antworten und sagen: Herr, wann haben wir dich gesehen hungrig oder durstig oder als einen Gast oder nackt oder krank oder gefangen und haben dir nicht gedient? Dann wird er ihnen antworten und sagen: Wahrlich, ich sage euch: Was ihr nicht getan habt einem unter diesen Geringsten, das habt ihr mir auch nicht getan. Und sie werden in die ewige Pein gehen, aber die Gerechten in das ewige Leben.

Mt 25,31-46

»*Also lasst euer Licht leuchten.*«
Von Nachfolge und Hoffnung

Der Bräutigam

Und die Jünger des Johannes und der Pharisäer fasteten viel; und es kamen etliche, die sprachen zu ihm: Warum fasten die Jünger des Johannes und der Pharisäer, und deine Jünger fasten nicht? Und Jesus sprach zu ihnen: Wie können die Hochzeitsleute fasten, während der Bräutigam bei ihnen ist? Solange der Bräutigam bei ihnen ist, können sie nicht fasten. Es wird aber die Zeit kommen, dass der Bräutigam von ihnen genommen wird; dann werden sie fasten.

Mk 2,18-20 (Parallelstellen: Mt 9,14 f.; Lk 5,33-35)

Die enge Pforte

Geht ein durch die enge Pforte. Denn die Pforte ist weit, und der Weg ist breit, der zur Verdammnis abführt; und ihrer sind viele, die darauf wandeln. Und die Pforte ist eng, und der Weg ist schmal, der zum Leben führt; und wenige sind ihrer, die ihn finden.

Mt 7,13-14 (Parallelstelle: Lk 13,24-27)

Die Wohnungen im Vaterhaus

Und er sprach zu seinen Jüngern: Euer Herz erschrecke nicht! Glaubt an Gott und glaubt an mich! In meines Vaters Haus sind viele Wohnungen. Wenn es nicht so wäre, so wollte ich zu euch sagen: Ich gehe hin, euch die Stätte zu bereiten. Und wenn ich hingehe, euch die Stätte zu bereiten, so will ich wiederkommen und euch zu mir nehmen, auf dass ihr seid, wo ich bin. Und wo ich hingehe, das wisst ihr, und den Weg wisst ihr auch.

Joh 14,1-4

Vom Turmbau und vom Kriegführen

Wer ist aber unter euch, der einen Turm bauen will, und sitzt nicht zuvor und überschlägt die Kosten, ob er genug habe, um es auszuführen? Auf dass nicht, wo er Grund gelegt hat und kann es nicht zu Ende führen, alle, die es sehen, anfangen, ihn zu verspotten, und sagen: Dieser Mensch hob an zu bauen und kann's nicht fertigbringen. Oder welcher König will sich begeben in einen Streit wider einen anderen König und sitzt nicht zuvor und ratschlagt, ob er mit zehntausend dem begegnen könne, der über ihn kommt mit zwanzigtausend? Wo nicht, so schickt er Botschaft, wenn jener noch ferne ist, und bittet um Frieden. So muss es auch ein jeglicher unter euch tun; wer nicht allem absagt, was er hat, kann nicht mein Jünger sein.

Lk 14,28-33

Der Hirte und die Schafe

Wahrlich, wahrlich, ich sage euch: Wer nicht zur Tür eingeht in den Schafstall, sondern steigt anderswo hinein, der ist ein Dieb und ein Mörder. Der aber zur Tür hineingeht, der ist ein Hirte der Schafe. Dem tut der Türhüter auf, und die Schafe hören seine Stimme; und er ruft seine Schafe mit Namen und führt sie aus. Und wenn er seine Schafe hat ausgelassen, geht er vor ihnen hin, und die Schafe folgen ihm nach; denn sie kennen seine Stimme. Einem Fremden aber folgen sie nicht nach, sondern fliehen von ihm; denn sie kennen der Fremden Stimme nicht.

Joh 10,1

Arbeiter für die Ernte

Da sprach er zu seinen Jüngern: Die Ernte ist groß, aber wenige sind der Arbeiter. Darum bittet den Herrn der Ernte, dass er Arbeiter in seine Ernte sende.

Mt 9,37 f. (Parallelstelle: Lk 10,2)

Die gebärende Frau

Eine Frau, wenn sie gebiert, so hat sie Traurigkeit; denn ihre Stunde ist gekommen. Wenn sie aber das Kind geboren hat, denkt sie nicht mehr an die Angst um der Freude willen, dass der Mensch zur Welt geboren ist. Und ihr habt auch nun Traurigkeit; aber ich will euch wiedersehen, und euer Herz soll sich freuen, und eure Freude soll niemand von euch nehmen.

Joh 16,21-22

Das Weizenkorn

Wahrlich, wahrlich, ich sage euch: Es sei denn, dass das Weizenkorn in die Erde falle und ersterbe, so bleibt es allein; wo es aber erstirbt, so bringt es viele Früchte.

Joh 12,24

Der Sämann

Hört zu! Siehe, es ging ein Sämann aus, zu säen. Und es begab sich, indem er säte, fiel etliches an den Weg; da kamen die Vögel unter dem Himmel und fraßen es auf. Etliches fiel in das Steinige, wo es nicht viel Erde hatte; und ging bald auf, weil es nicht tiefe Erde hatte. Da nun die Sonne aufging, verwelkte es, und weil es keine Wurzel hatte, verdorrte es. Und etliches fiel unter die Dornen; und die Dornen wuchsen empor und erstickten es, und es brachte keine Frucht. Und etliches fiel auf gutes Land und brachte Frucht, die da zunahm und wuchs; etliches trug dreißigfältig und etliches sechzigfältig und etliches hundertfältig. Und er sprach zu ihnen: Wer Ohren hat, zu hören, der höre!

Mk 4,3-8 (Parallelstellen: Mt 13,3-9; Lk 8,5-8)

Neue Flicken auf dem alten Kleid

Niemand flickt einen Lappen von neuem Tuch an ein altes Kleid; denn der neue Lappen reißt doch vom alten, und der Riss wird ärger.

Mk 2,21 (Parallelstellen: Mt 9,16f; Lk 5,33-35)

Neuer Wein in alten Schläuchen

Und niemand fasst Most in alte Schläuche; sonst zerreißt der Most die Schläuche, und der Wein wird verschüttet, und die Schläuche kommen um. Sondern man soll Most in neue Schläuche fassen.

Mk 2,22 (Parallelstellen: Mt 9,16 f.; Lk 5,33-35)

Das Haus auf Felsen und Sand

Darum, wer diese meine Rede hört und tut sie, den vergleiche ich mit einem klugen Mann, der sein Haus auf einen Felsen baute. Da nun ein Platzregen fiel und ein Gewässer kam und die Winde wehten und stießen an das Haus, fiel es doch nicht; denn es war auf einen Felsen gegründet. Und wer diese meine Rede hört und tut sie nicht, der ist einem törichten Mann gleich, der sein Haus auf Sand baute. Da nun ein Platzregen fiel und ein Gewässer kam und die Winde wehten und stießen an das Haus, da fiel es und tat einen großen Fall.

Mt 7,24-27 (Parallelstelle: Lk 6,47-49)

Das lebendige Wasser

Jesus antwortete und sprach zu ihr: Wer von diesem Wasser trinkt, den wird wieder dürsten; wer aber von dem Wasser trinken wird, das ich ihm gebe, den wird ewiglich nicht dürsten; sondern das Wasser, das ich ihm geben werde, das wird in ihm ein Brunnen des Wassers werden, das in das ewige Leben quillt.

Joh 4,13-14

Das Salz der Erde

Ihr seid das Salz der Erde. Wo nun das Salz dumm wird, womit soll man es salzen? Es ist hinfort zu nichts nütze, als dass man es hinausschütte und lasse es die Leute zertreten.

Mt 5,13 (Parallelstellen: Mk 9,49 f; Lk 14,34 f.)

Das Licht der Welt

Ihr seid das Licht der Welt. Es kann die Stadt, die auf einem Berg liegt, nicht verborgen sein. Man zündet auch nicht ein Licht an und setzt es unter einen Scheffel, sondern auf einen Leuchter; so leuchtet es denn allen, die im Haus sind. Also lasst euer Licht leuchten vor den Leuten, dass sie eure guten Werke sehen und euren Vater im Himmel preisen.

Mt 5,14-15 (Parallelstellen: Mk 4,21; Lk 8,16)

»Ich bin …«
Jesus Christus im Gleichnis

Das Brot des Lebens

Ich bin das Brot des Lebens. Wer zu mir kommt, den wird nicht hungern; und wer an mich glaubt, den wird nimmermehr dürsten.

Joh. 6,35

Das Licht der Welt

Ich bin das Licht der Welt; wer mir nachfolgt, der wird nicht wandeln in der Finsternis, sondern wird das Licht des Lebens haben.

Joh 8,12

Die Tür

Ich bin die Tür; so jemand durch mich eingeht, der wird selig werden und wird ein- und ausgehen und Weide finden.

Joh 10,9

Der gute Hirte

Ich bin der gute Hirte. Der gute Hirte lässt sein Leben für seine Schafe. Der Mietling aber, der nicht Hirte ist, des die Schafe nicht eigen sind, sieht den Wolf kommen und verlässt die Schafe und flieht; und der Wolf erhascht und zerstreut die Schafe. Der Mietling aber flieht; denn er ist ein Mietling und achtet der Schafe nicht. Ich bin der gute Hirte und erkenne die Meinen und bin bekannt den Meinen, wie mich mein Vater kennt und ich kenne den Vater. Und ich lasse mein Leben für die Schafe. Und ich habe noch andere Schafe, die sind nicht aus diesem Stall; und dieselben muss ich herführen, und sie werden meine Stimme hören, und wird eine Herde und ein Hirte werden.

Joh 10,12-16

Der Weg, die Wahrheit, das Leben

Ich bin der Weg und die Wahrheit und das Leben; niemand kommt zum Vater denn durch mich.

Joh 14,6

Der Weinstock

Ich bin der Weinstock, ihr seid die Reben. Wer in mir bleibt und ich in ihm, der bringt viele Frucht, denn ohne mich könnt ihr nichts tun.

Joh 15,5

NACHWORT

Biblische Wunder- und Gleichniserzählungen sind nicht nur denen ein Begriff, die besonders gläubig oder bibelfest sind. Vielmehr gehören sie im christlich geprägten Abendland zum kollektiven kulturellen Bewusstsein: Ihre Motive finden sich in der bildenden Kunst ebenso wie in der Literatur und im Film. Selbst in unsere Alltagsprache sind sie eingegangen – wenn wir etwa davon sprechen, dass jemand »sein Licht unter den Scheffel stellt« (Mt 5,15; S. 164) oder »neuen Wein in alte Schläuche« füllt (Mk 2,22; S. 161).

Bis heute durchlaufen diese jahrtausendalten Texte einen kreativen Prozess der künstlerischen Rezeption – und bleiben dabei ihrem Ursprung gemäß vor allem Texte von großem religiösem Wert.

Von ihrer Entstehung bis in unsere Zeit transportieren sie zentrale Inhalte und Botschaften des christlichen und jüdischen Glaubens. Für Christen sind die neutestamentlichen Wundertaten Jesu und die von ihm erzählten Gleichnisse elementare Texte, denn sie enthalten die Quintessenz der Botschaft Jesu Christi. Das Gleichnis als literarische Erzählform* ist besonders mit

* Die Forschungsliteratur unterscheidet wesentlich zwischen Allegorien, Parabeln, Beispielerzählungen. Die Übergänge sind fließend;

Jesus Christus verbunden; es war sein ureigenes und wirkmächtigstes Mittel der Verkündigung.

Bei den wenigen Gleichnissen des Alten Testaments (S. 34–39) handelt es sich gewissermaßen um formale, funktionale und teilweise motivische Vorläufer der neutestamentlichen Texte. Die Wundererzählungen des Alten Testaments (S. 11–33) sind insofern mit den Christus-Wundern verbunden, als dass sie ebenso wie diese ein Ausweis der Autorisierung, der Legitimation sind: Wie Gott durch die Propheten (zum Beispiel Elia und Elisa) und Mose Wunder wirkte und seine Macht offenbarte, konnte auch Jesus als Gottes Sohn und Teilhaber seiner Macht Wunder vollbringen.

In der Linie dieser Autorisierung durch Gott stehen auch die Wunder der Apostel (S. 87–103), erzählt vom Evangelisten Lukas in der Apostelgeschichte. Die Apostel werden dargestellt als von Gott und Jesus legitimierte Fortführer der Wundertätigkeit. So heißt es bereits als Ankündigung dieser Taten im Matthäus-

und es mag hier genügen, dass der »Sprachgewinn stets durch eine bildhafte Ausdrucksweise« geschieht. (Pokorny, Petr; Heckel, Ulrich: *Einleitung in das Neue Testament.* Tübingen 2007, S. 398). Wer sich weiter mit dem Problem der literarischen Gattung beschäftigen möchte, sei auf die Sekundärliteratur im Anhang verwiesen.

evangelium: »Und er rief seine zwölf Jünger zu sich und gab ihnen Macht über die unsauberen Geister, dass sie sie austrieben und heilten allerlei Seuche und allerlei Krankheit.« (Mt 10,1). Vor allem der Apostel Petrus steht »für Kontinuität zwischen vorösterlicher und nachösterlicher Wunderpraxis in der Nachfolge Jesu.«*

Als ›Wunder‹ werden heute vor allem Geschehen bezeichnet, die nicht rational oder mit Naturgesetzen erklärbar sind. So steht bei der Beschäftigung mit biblischen Wundern immer auch die Frage im Raum: Ist dies wirklich so geschehen? Oder handelt es sich um bloße Legenden?

Lange Zeit stand dieser Aspekt auch im Zentrum der theologischen Diskussion über Wundergeschichten. Inzwischen dominiert in der Theologie die Deutung, nach der die Wundergeschichten keine Tatsachenberichte sind, sondern »Glaubenszeugnisse, die auf ihre christologische Zielsetzung hin befragt werden wollen.«**

Diese Zielsetzung besteht bei den Wundertaten Jesu zum einen darin zu bezeugen, dass Jesus von Gott ge-

* Kollmann, Bernd: *Neutestamentliche Wundergeschichten.* Stuttgart 2002, S. 110.
** Vgl. ebd., S. 19

sandt ist und über göttliche Macht verfügt. Zum anderen sind sie als Zeichen dafür zu lesen, wie das Reich Gottes beschaffen sein wird, dessen Ankunft für Jesus unmittelbar bevorsteht. Schon im Alten Testament wird vorausgesagt, wie sich das künftige Heil offenbart: »Alsdann werden der Blinden Augen aufgetan werden und der Tauben Ohren geöffnet werden; alsdann werden die Lahmen springen wie ein Hirsch, und der Stummen Zunge wird Lob sagen.« (Jes 35,5 f). Jesus selbst bestätigt dann diese Heilsprophetie; er spricht zu seinen Jüngern: »Geht hin und sagt Johannes wieder, was ihr seht und hört: Die Blinden sehen und die Lahmen gehen, die Aussätzigen werden rein und die Tauben hören, die Toten stehen auf und den Armen wird das Evangelium gepredigt.« (Mt 11,4-5).

Jesu Wunder markieren das Nahen des Gottesreichs, wie es vom Propheten geweissagt wurde: So sind die Heilungswunder (S. 43–60) Zeichen dafür, dass im künftigen Reich Gottes der Mensch heil sein wird, heil und gesund wie am Schöpfungsbeginn. Gleichzeitig hat das Böse – verkörpert durch Satan und seine Dämonen – keine Kraft mehr; seine künftige Entmachtung nimmt Jesus in den Exorzismen (S. 69–75), den Austreibungen böser Geister, vorweg. Entmachtet wird auch der Tod: Darauf verweisen die Totenerweckungen (S. 61–68) – darauf, und auf Jesu eigenen Sieg über den Tod, seine Auferstehung.

Im Reich Gottes muss niemand hungern, weder körperlich noch seelisch – das verdeutlichen die Speisungswunder (S. 80–86). Mit den Naturwundern (S. 76–79) schließlich wird demonstriert, dass Jesus Anteil hat an der Macht des Herrn und Schöpfers der Natur. Sie sagen aber auch: Im Reich Gottes muss sich niemand ängstigen; der tosende Sturm stellt keine Gefahr dar (Jesus stillt den Sturm, Mk 4,35-41; S. 76); niemand, der auf Gott vertraut, wird untergehen (Jesus geht über das Wasser, Mt 14,22-33; S. 77).

Die Bedeutung der Wunder Jesu erschließt sich vollständig allerdings erst dann, wenn man sie verbindet mit Jesu Worten vom Reich Gottes in den Gleichniserzählungen. »Die charismatischen Taten verdeutlichen Jesu Wort, umgekehrt bedürfen sie der Deutung durch Jesu Wort. Nur von Jesu Wort her erhalten sie die Glaubwürdigkeit.«*

* KÜNG, HANS: *Jesus*. München 2013, S. 125.

Jesu Botschaft wird ausgedrückt in Tat und Wort; er tritt gleichermaßen als Heiler und Prediger auf.

Die Bilder, mit denen Jesus in den Gleichnissen seine Botschaft ausspricht, sind Spiegel der antiken palästinischen Lebenswelt. Hier finden sich wichtige Bereiche des öffentlichen und privaten Lebens: Wein- und Ackerbau, Finanzwesen, Rechtsprechung, Eheschließung. Auch spannungsgeladene zwischenmenschliche Beziehungen sind häufig Gegenstand der Gleichnisse: die Beziehung zwischen Freunden, zwischen Eltern und Kindern, Arbeitgebern und Arbeitnehmern. Die Zuhörer können sich mit den Figuren und Geschehnissen der Gleichnisse identifizieren. Jesus spricht von ihrer Welt, und schon damit sagt er: Hier geht es um euch; was ich erzähle, hat ganz unmittelbar mit eurem Leben zu tun.

Die Erzählungen wurzeln in der realen Lebenswelt, weisen dann aber deutlich darüber hinaus. »Im Gewand einer Alltagsgeschichte daherkommend, besitzt sie (die Gleichniserzählung) die Kraft, den Hörer vom allbekannt Alltäglichen abzulenken. Sie lässt ihn etwas ganz und gar Ungewöhnliches wahrnehmen (…).«*

* HARNISCH, WOLFGANG: *Die Gleichniserzählungen Jesu.* Göttingen 2001, S. 12.

So werden die Gleichnisse zu Verbindungsstücken zwischen irdischem und himmlischem Bereich. Mit weltlichen Bildern erzählen sie vom Reich Gottes und weisen den Weg, um daran teilzuhaben.

Wie in den Wundern ist das zentrale Anliegen der Gleichnisse die liebende Annahme jedes Menschen, der vertraut und zur Umkehr bereit ist. Wer gesündigt hat, dem wird vergeben, wenn er darum bittet; wie der Vater den Sohn mit großer Freude wieder aufnimmt, nachdem er auf Abwege geraten ist (Der verlorene Sohn, Lk 15,11-32; S. 113). Barmherzigkeit erfährt der Knecht, der Unmengen Schulden angehäuft hat – doch gleichermaßen wird Barmherzigkeit gegenüber seinen Mitmenschen auch von ihm gefordert (Der unbarmherzige Knecht, Mt 18,23-34; S. 118). Und ähnlich wie sich Jesus in seinen Wundertaten gerade denen zuwendet, die durch Krankheit von der Gesellschaft ausgeschlossen wurden, sind es in den Gleichnissen die Armen und Ausgestoßenen, die Sünder und verachteten Zöllner, denen das Himmelreich offensteht (Pharisäer und Zöllner, Mt 18,23-34; S. 133; Das große Hochzeitsmahl, Mt 22,2-10; S. 110).

Die Gleichnisse sind aber weit mehr, als nur ein didaktisches Mittel, mit dem Jesus seine Botschaft anschaulich vermitteln möchte. Vielmehr verkündigen sie »etwas grundlegend Neues, Kommendes, das noch nicht da ist. Die Gleichnisse Jesu sind durch eine ›rationale‹ Information oder einen abstrakten theologischen Lehrsatz nicht voll ersetzbar. Sie haben eine einmalige kognitive Funktion.«*

Denn wie lässt sich von Gott adäquat sprechen? Wie soll man seine Größe beschreiben? Es fehlen der menschlichen Sprache dafür die Begriffe, und deshalb spricht Jesus in Gleichnissen – als der einzig angemessenen Form.

So heißt es in Mt 13,34-35: »Solches alles redete Jesus durch Gleichnisse zu dem Volk, und ohne Gleichnis redete er nicht zu ihnen, auf das erfüllt würde, was gesagt ist durch den Propheten, der da spricht: Ich will meinen Mund auftun in Gleichnissen und will aussprechen die Heimlichkeiten von Anfang der Welt.« Der Mensch erhält durch die Gleichnisrede Zugang zu den »Heimlichkeiten«, zum Mysterium Gottes.

Allerdings sind die Gleichnisreden auch noch in anderer Hinsicht geheimnisvoll: Sie selbst sind oft rätsel-

* Pokorny; Heckel (2007), S. 398.

haft und vieldeutig. Manche Erzählungen mögen auf den ersten Blick einleuchtend sein, spätestens beim zweiten Hören oder Lesen tun sich aber Fragen auf. Das ging den damaligen Zuhörern so (nicht selten fragen seine Jünger noch einmal nach, verlangen eine Deutung), wie auch den heutigen Lesern. Was etwa bedeutet ein Satz wie »Denn wer da hat, dem wird gegeben werden, und er wird die Fülle haben; wer aber nicht hat, dem wird auch, was er hat, genommen werden.« (Von den anvertrauten Zentnern, Mt 25,14-30; S. 148)? Das klingt doch eher nach Sozialdarwinismus; nach knallhartem Kapitalismus, als nach jenem Reich Gottes, in dem angeblich die Armen selig sind und niemand hungern muss.

Gerade aber dadurch, dass die Gleichnisse Jesu teilweise undurchsichtig und geradezu provozierend sind, fordern sie uns auf zur Beschäftigung mit ihnen.

Und nicht nur Herausforderung sind sie, auch Aufforderung und Handlungsanweisung. Manchmal antwortet Jesus mit einem Gleichnis auf eine konkrete Frage. Als ihn etwa ein Schriftgelehrter fragt, wer denn sein Nächster sei, den er wie sich selbst lieben solle, erzählt Jesus vom Samariter, der als Einziger einem

Schwerverletzten hilft. Jesus fordert den Schriftgelehrten und damit auch uns heutige Leser auf: »So geh hin und tu desgleichen!« (Lk 10,37; S. 122)

Jesus verlangt viel von den Menschen, wenn er in seinen Gleichnissen bedingungslose Nächstenliebe, Verzicht auf Reichtum und grenzenloses Vertrauen in Gott fordert.

Doch in Verbindung mit seinen (Wunder-)Taten bleibt es nicht nur beim bloßen verbalen Aufruf. In seinem Handeln lebt Jesus vor, was er fordert – und wird uns damit selbst zum Gleichnis.

LITERATUR

Die Bibel nach Martin Luther. Nach der historischen Fassung von 1912. Köln 2016.

Drewermann, Eugen: *Taten der Liebe. Meditationen über die Wunder Jesu.* Freiburg i. Br. 2004.

Ders.: *Wer hat, dem wird gegeben. Die Gleichnisse Jesu. Gespräche mit Richard Schneider.* Düsseldorf 2008.

Eichholz, Georg: *Gleichnisse der Evangelien. Form, Überlieferung, Auslegung.* Neukirchen-Vluyn 1971.

Harnisch, Wolfgang: *Die Gleichniserzählungen Jesu.* Göttingen 1985.

Karrer, Martin: *Jesus Christus im Neuen Testament.* Göttingen 1998.

Kollmann, Bernd: *Neutestamentliche Wundergeschichten. Biblisch-theologische Zugänge und Impulse für die Praxis.* Stuttgart 2002.

Küng, Hans: *Jesus.* München 2013.

Pokorny, Peter; Heckel, Ulrich: *Einleitung in das Neue Testament. Seine Literatur und Theologie im Überblick.* Tübingen 2007.

Schnelle, Udo: *Theologie des Neuen Testaments.* Göttingen 2007.

Zimmermann, Ruben (Hrsg.): *Kompendium der frühchristlichen Wundererzählungen. Band I: Die Wunder Jesu.* Gütersloh 2013.

Ders. (Hrsg.): *Kompendium der frühchristlichen Wundererzählungen. Band II: Die Wunder der Apostel.* Gütersloh 2017.

Ders. (Hrsg.): *Kompendium der Gleichnisse Jesu.* Gütersloh 2007.

SACH- UND STICHWORT-REGISTER